25

Jamal Ouariachi

25

Amsterdam · Antwerpen
Em. Querido's Uitgeverij BV
2013

MIX
Papier van
verantwoorde herkomst
FSC® C004472

Omslag Brigitte Slangen
Omslagfoto Carla van de Puttelaar
Foto achterplat Matthijs Immink
Foto auteur Arnout Hulskamp

ISBN 978 90 214 4787 2 / NUR 301
www.querido.nl

Inhoud

NACHT

Nu nog hoe zij beefde van vermoeidheid en fluisterde:
'Waarom doe je dit? Ik laat je nooit meer los, mijn koning.'
Er was geen killere vorst dan ik en overmoedig
liet ik haar zien hoe de Koning traande uit zijn éne oog.
– Hugo Claus, *Nu nog*

I

Plaspauze.

Het chemisch toilet is defect, we moeten van boord. Witte stootwillen dempen de schok waarmee de salonboot de wal raakt. Haastig klauter ik, met een paar anderen die ook nodig moeten, op de kade. In het centrum zijn overal Dixi-toiletten neergezet voor het grote festijn – hier, in dit rustigere deel van de stad, moeten we een andere oplossing zien te vinden.

We verspreiden ons, ik spot een plekje tussen twee geparkeerde auto's. Rok omhoog, panty en onderbroek omlaag, hurken, kont naar het water, en algauw is daar de verlossende straal, sissend van ongeduld, de hete damp stijgt op tegen mijn koud geworden dijen, en de geur van vochtige aarde dringt mijn neus binnen.

Twee auto's verder is Marieke neergestreken en ook haar blaasinhoud ruist nu door de nacht, net als die van de twee jongens van wie ik de namen alweer vergeten ben – kan ze niet zien, hebben natuurlijk een boom uitgezocht om te bevloeien.

Als in het grachtenpand waar ik op uitkijk nu een bewoner de gordijnen opent, ziet die een wildplasorgie vanjewelste. Of nou ja, jewelste... een orgie van vier valt nóg mee als je bedenkt dat straks, overdag, rivieren van urine hun bedding in de straten van de stad zullen vinden.

Niet ver hier vandaan slaat een torenklok één keer. Het kan half één zijn, één uur, half twee, wat heb je in vredesnaam aan informatie die drie verschillende dingen kan betekenen?

LOVE NEVER DIES

liegt een graffititekst op de gevel van het grachtenpand. Letters in onvaste hand, alsof ze zelf twijfelen aan de boodschap die ze uitdragen.

De liefde, zei mijn moeder vroeger, is een historisch concept dat eeuwenlang gediend heeft om de onderdrukking van vrouwen te legitimeren met zoetsappigheid. Ben je vrij van de liefde, dan ben je een vrij mens.

Ik heb zoveel liefde in me, zei mijn vader vroeger, waarom zou ik die niet met zo veel mogelijk mensen delen?

Quizvraag: welke van deze uitspraken over de liefde deugen niet?

Antwoord: alle drie.

Wat je dan wel over de liefde moet zeggen weet ik ook niet. Niet meer.

Aprillerige kilte. Maandenlang heb ik oprecht geloofd dat er geen einde zou komen aan de winter. Tot eind maart heeft het gesneeuwd en gevroren. Het leek me passend, rechtvaardig, dat de zon nooit meer zou schijnen. Hoewel het nu nog steeds vrij koud is, lijkt er toch lente in de lucht te hangen – het voelt alsof de meteorologie bezig is me te verloochenen.

Jezus, hoeveel heb ik wel niet gedronken, er lijkt geen einde –

Vanonder de auto rechts van mij scharrelt een donkere gedaante tevoorschijn, nog geen meter bij me vandaan.

Die staart: een lange, pezige regenworm. Spitse snuffelsnuit.

Onder mij wordt de kraan abrupt dichtgedraaid. De rat houdt halt, gewaarschuwd door de plotse stilte. Kijkt mijn kant op, ziet me. Ik heb wel eens gehoord dat die krengen zo hoog kunnen springen dat ze een volwassen mens in staande positie naar de keel kunnen vliegen, tanden in die hals drijven, precies daar waar ze instinctief de halsslagader vermoeden, doorbijten, einde.

Ik sta niet eens, ik zit gehurkt.

Twee versteende dieren staren elkaar aan. Schatten elkaar in. Lang geleden, ik moet een jaar of acht zijn geweest, plaste ik in mijn broek bij de aanblik van een grote spin. In Frankrijk was dat, op vakantie met mama en haar toenmalige vlam. Ik speelde buiten in mijn eentje op het erf voor ons huurhuis. Een beweging in mijn ooghoek en daar was die spin. Het vieze bruine lijf hing in het middelpunt tussen acht poten zo dun dat ze van mensenhaar gemaakt leken. Ik had weg kunnen hollen, ik had die spin met mijn waterschoentjes kunnen vermorzelen, ik had om mama kunnen gillen. Deed ik allemaal niet. Versteend bleef ik zitten, ook toen op mijn hurken, en onderging de angst. Hoe een vreemde warmte zich in mijn onderbroek verspreidde, ik weet nog precies hoe het voelde, het was gek genoeg een geruststellende warmte, een bezwering van de angst.

Het in mijn broek doen, daar hoef ik nu niet bang voor te zijn: het lichaam heeft deze keer precies andersom gereageerd. Of mijn blaas is écht leeg, dat kan ook. Wel toevallig, dan.

Zal ik krijsen of gaat-ie dan juist in de aanval?

Rustig blijven. Dat beest is minstens zo bang voor jou als –

– de rat schiet uit zijn verstarring en verdwijnt met een zachte roffel onder de linkerauto en nu pas jakkert de schrik ten volle door mijn aderen en beginnen mijn benen te trillen en deins ik alsnog terug. De panty om mijn gebogen knieën zegt snok, het stugge nylon snijdt in mijn dijen, ik verlies mijn evenwicht en kukel bijna in het water maar weet me nog net vast te grijpen aan de bumper van de rechterauto.

Te vallen, te verdrinken: wat zou het uitmaken? Wat zeg je? Te jong? Maar waarom ouder worden als het zonder jou moet?

Stoere taal die me niet past. Ik kan wel doen alsof ik dood wil, maar ondertussen schiet ik in een stuip als ik een rat zie die mij met zijn tandjes naar de onderwereld kan transporteren. Oppervlakkig doodsverlangen, verdwijn! Ik heb een opdracht. Een missie. Een *levenstaak*. Noem het voor mijn part een roeping, ik ben geroepen door een stem die geen volume meer heeft.

Overeind komen. Met bevende vingers onderbroek+panty omhoog harken. Afgekoelde stof tegen onafgedroogd geslacht. Het zij zo, weg hier.

Eenmaal terug aan boord is alles prettiger. Er heerst een bootse krapheid die knus is. Alles klein, dicht op elkaar en basaal, om maar zo efficiënt mogelijk van de beperkte ruimte gebruik te maken. Spartaans, maar wel met een randje chic: de bankjes zijn bekleed met wit leer, er staan tafeltjes van protserig gelakt teakhout, op elk ervan prijken borden en schaaltjes met snacks en snoep, op elk tafeltje ook een koelemmer met één of twee flessen champagne erin, er is een barretje met een marmeren toog en een riant aanbod aan ingrediënten voor cocktails. Achter een poppenhuizerig houten deurtje schuilt dat defecte chemische toilet. Krap, overzichtelijk. Niemand, hoe dronken ook, zal hier kunnen verdwalen.

Van voor in de boot, waar ik ben ingestapt, baan ik me een weg naar achteren op benen die nog altijd onbetrouwbaar zijn van schrik, hou ze gestrekt, zorg dat je slappe knieën niet doorknakken, dat je niet alsnog onderuitgaat. Heupwiegend schuifel ik tussen de tafeltjes naar de plek waar ik net ook zat, schuchter in een hoekje, al zijn er verschillende pogingen gedaan me te betrekken bij wat er allemaal gezegd werd, soms zelfs met succes. Maar het gaat nog moeizaam. Waar zijn die bubbels? Nog geen vijf minuten van het infuus, nog maar net de liters geloosd, of ik heb alweer dorst. Ik drink de dorst naar me toe.

'Wat zie je bleek,' zegt Titia zodra ik ga zitten. 'Gaat het wel?'

'O, beetje weinig gegeten,' zeg ik. 'Dan knalt die champagne er nogal hard in.' Om verdere vragen te vermijden graai ik demonstratief een flinke hand M&M's uit een schaaltje. Vul snel mijn glas bij om die klefzoete chocoladezooi weg te spoelen. Beter om maar niets over die rat te zeggen, ik voel me al zo'n sfeerverpester vanavond, en als ik dit zeg, durft straks niemand meer van boord.

Of heb ik dat beest verzonnen? Het was donker tussen die twee auto's. Misschien was het een groot uitgevallen muis. Of een kat. Nee, onmogelijk, die staart was onmiskenbaar van een –

Uit de muziekinstallatie pompt op stevig volume de grote zomerhit van het jaar, 'Get Lucky' van Daft Punk, kietelende gitaar en een bas die je in je kruis voelt sidderen, en het is nog lang geen zomer maar het voelt al wel zo. Zelfs de kleinste temperatuurverhoging voelt als zomer na een winter als de winter die nog maar zo kort geleden ten einde liep. 'Mensen die gesprekken over het weer oppervlakkig vinden, ontkennen het dier in zichzelf.' Was getekend: Arthur van Heeren. 'Adaptatie aan de omgeving, zo zijn wij geëvolueerd. Als je het weer uit het oog verliest, ga je eraan.'

Ik *wil* geen zomers gevoel. *We're up all night to get lucky...* Ik wil me ook niet lucky voelen.

Maar iedereen is aan het dansen geslagen. Marieke, die zo hevig staat te hossen dat haar cup F uit haar toch al vrij ruime decolleté dreigt te klotsen, pakt mijn hand, geeft er rukjes aan, ik lach onwillig een sorry-geen-zin-lach maar ze laat niet los. Hier kom ik niet onderuit. Opstaan en dansen. Ogen dicht en niet te veel nadenken over hoe ik eruitzie: als iemand die plezier heeft.

2

Het liep al tegen middernacht toen Simon belde. Joviaal en met dat geen-vuiltje-aan-de-luchtige van iemand die al een paar ontremmende glazen achter de kiezen heeft. Toen we nog studeerden kon je ons minstens twee keer per week samen in de kroeg aantreffen – nu had ik al voor zeker de lengte van een semester niets van hem gehoord. Toegegeven: in de eerste weken nadat het gebeurd was, probeerde hij nog wel contact met me te zoeken. Ik zat niet te wachten op bezorgdheid of troost: kom niet in mijn buurt, laat me lijden. Vrienden trekken dat een tijdje, maar tijdjes zijn niet onbegrensd. Op den duur dacht iedereen in mijn omgeving waarschijnlijk: stik er maar in. Alleen mijn ouders belden nog wel eens, en Het Opperhoofd, elk om hun eigen redenen.

Nu hing hij dan toch ineens weer aan de lijn, Siem.

'Een stukkie varen? Waarheen dan?'

'Gewoon, een beetje cruisen, nergens heen. Maar er zijn wél overal in de stad feestjes aan de gang, dus ik zat te denken: we leggen af en toe ergens aan, dan drinken we de boel daar leeg, en dan cruisen we weer verder. Wat jij, Henkie?'

Henkie. Bijnaam die ik lang niet heb gehoord.

Wiedes-wiedes, Hanna-dear. Wie zou hem ook hebben moeten uitspreken?

'Of had je al andere plannen?'

Ja, een plan had ik wel, maar het feestgedruis van het aanstaande etmaal leek me niet bepaald het geschikte decor voor de uitvoering daarvan. Te veel chaos, te weinig stilte en rust om een serieus gesprek te voeren, om verhalen te vertellen over –

'Wie heb je allemaal in je boot?'

'Marieke is er, Titia, en Anne en Joris, en Merel en Femke...'

Stuk voor stuk bekenden. Daar had ik geen donder aan.

'...en nog een zooi types die jij volgens mij niet kent. Mannetje of twaalf, gok ik, alles bij elkaar.'

Hm.

Ik keek om me heen, zag op de bank het boek liggen waar ik tot aan Siems telefoontje in had liggen lezen, een boek dat jij me ooit cadeau hebt gedaan, verhalen van Vladimir Nabokov. Een dramatische druipkaars ernaast, op de koffietafel. Een mok kruidenthee. De rekwisieten van het leven zoals ik dat leidde sinds moment †.

'Als je mee wil, kan ik over vijf minuten in de buurt van je huis zijn.'

Pro: het had weinig zin in deze grafkelder te blijven hangen. Liggen huilen. Afleiding zoeken in boeken en tv-series. De herinneringen die ik zo vaak tussen mijn vingers door had laten gaan dat de stof waar ze van gemaakt waren steeds sleetser werd.

'Hanna?'

Contra: was ik niet volkomen contactgestoord geworden? Hier, ik kon nu al amper een normaal telefoongesprek voeren met iemand die ooit een van mijn beste vrienden was. Als ik tegen Siem niet eens iets zinnigs wist uit te brengen, hoe kon ik dan –

'Ja, ik denk na.'

Pro: dronken mensen vormen geen al te kritisch publiek. Prima materiaal om op te oefenen. En als ik zelf ook wat dronk, zou ik losser zijn, schaamtelozer, fantasievoller.

'Zal ik anders straks even terugbellen?'

Contra: ...

'Nee. Ik sta over vijf minuten op de hoek Kloveniersburgwal/Oude Hoogstraat. Oké?'

'Je bent een heldin, Henkie.'

Vliegensvlug wurmde ik me uit mijn pyjama en in een enigszins toonbare outfit. Verfde in een paar snelle halen mijn lippen rood, fatsoeneerde in allerijl mijn haar, verliet het souterrain, sloeg linksaf de Oude Hoogstraat in en slalomde tussen het nu al talrijke en nu al straallamme volk door, in de richting van de Kloveniersburgwal.

Pas bij het aan boord gaan werd ik me bewust van mijn kledij. Aan alle opvarenden was wel *iets* oranje gekleurd. Een shirt, een jas, een jurk. Een overall (Joris). Merel droeg een oranje boa om haar nek. Marieke had haar blonde haren oranje geverfd.

Kwam ik aanzetten met zwart bloesje, zwart rokje, zwarte panty, zwarte overjas: alsof ik met alle geweld iedereen eraan wilde herinneren in wat voor toestand ik verkeerde, terwijl ik het liefst juist zo onopvallend mogelijk mijn rentree had gemaakt in het leven waar ik zo'n lange tijd geen deel aan had genomen. Alleen mijn bruine leren tas kon met de nodige fantasie en kleurenblindheid voor oranje doorgaan.

Marieke trok me wild naar zich toe, ik landde zachtjes op haar grote tieten die als stootwillen fungeerden. Titia greep me bij mijn schouders en zei met hoge, bibberige stem: 'Ooh, Hanna,' waarna ze me omhelsde. Even voelde ik me een patiënt. De andere mensen die ik kende reageerden normaal. Siem (dikke zoen op mijn mond) stelde me voor aan de mij onbekenden, namen die ik onmiddellijk weer vergat.

Na mijn eerste glas champagne namen ze me onder handen: ik moest toch minstens een Nederlandse vlag op mijn beide wangen geschminkt krijgen. Niemand kon het komende etmaal zonder, vond Merel, of je moest zo'n zure anti-monarchist zijn, maar daar waren er tegenwoordig niet zoveel meer van.

De boot draagt de nogal opzichtig-sprookjesachtige naam Sheherazade. Niets doet verder aan Duizend-en-één-nacht denken, behalve misschien het feit dat het nu nacht is, maar dat is niet de verdienste van de boot.

Siem zit voorin, één hand ontspannen aan het roer, in de andere hand een flesje bier. Men heeft hem vanavond Kapitein Iglo gedoopt, omdat hij sinds kort een baard draagt die dusdanig bleekblond is dat het bijna wit lijkt, en dat dan op zijn rossige gezicht: hij ziet er wat bavianerig uit, en oud, veel ouder dan hij is. Hij is gehuld in het apenpakje dat hem autoriteit over de boot verleent, leuk voor de toeristen die hij, bij gebrek aan serieus werk als journalist, dag in dag uit door de stad vaart, ze gaan aan boord bij de steigers van de luxehotels waarin ze verblijven, ze drinken champagne en eten kaviaar, ze voelen zich verheven boven de rondvaartboten waarin de minder bedeelden met tientallen tegelijk onder plexiglas zitten te broeien. Kapitein Iglo wijst hen op de attracties, op historische panden, op *places of interest*, ze geven hem een riante fooi als hij ze afzet op de plek waar ze willen zijn. Dan tikt hij ter begroeting tegen de klep van de kapiteinspet die hij nu ook draagt, maar nu is het met ironie, want onder de pet schuilt een pruik van oranje krullen, zodat ook de met gouden strepen bestikte epauletten van zijn donkerblauwe bonker niet meer serieus te nemen zijn.

Als er, zoals vannacht, geen toeristen zijn die een beroep op hem doen, mag hij van zijn baas de boot voor eigen doeleinden gebruiken. Champagne en brandstof wel zelf betalen, iedereen heeft bij het aan boord gaan een paar tientjes gelapt.

Een paar jaar geleden heeft Siem me eens een huwelijksaanzoek gedaan. In scherts, want hij had toen een vriendin met wie hij al sinds de vierde klas van de middelbare school samen was, Carolien, en volgens mij zijn ze nog steeds samen, al is Car vannacht niet van de partij. 'Jij wordt nooit een duiveltje,' luidde mijn antwoord op het aanzoek. En hij: 'Ik wil ook helemaal geen duiveltje worden, ik wil een god zijn. Jouw god.'

De grap blijft terugkomen. Toen ik aan boord stapte, zei hij: 'Ik ga je vannacht ontvoeren, Henkie. 't Is maar dat je 't weet. Ik vaar de oceaan over en dan gaan we trouwen in Las Vegas.'

'Dat ligt in de woestijn, sukkel.'

Er is maar één god.

3

Zwetend van het dansen – de verwarming aan boord staat behoorlijk hoog – keer ik terug naar mijn plekje. Marieke en Titia verdwijnen naar buiten om op het onoverdekte achtersteven een sigaretje te roken. Ik drink mijn glas leeg, vul het bij. Zou ik het al kunnen? Moet er wel iemand zijn om te luisteren, maar voorlopig lijkt iedereen me vooral dingen te willen vertellen. Merel bijvoorbeeld, rechts van me. Heeft het over de twee Amerikanen die bij haar en Femke in huis logeren.

Als ik me niet vergis bedoelt ze de twee jongens die nog staan te dansen, nu op het andere hitsige hitje dat dit voorjaar door iedereen omhelsd is: 'Blurred Lines' van Robin Thicke – al talloze malen heb ik de clip ervan op Facebook voorbij zien komen. Facebook: mijn enige sociale leven van de afgelopen tijd, al lurk ik alleen maar, zoals dat heet, en heb ik zelf al in geen tijden mijn status geüpdate. De clip: Thicke, Pharrell Williams en T.I. in slicke pakken, te midden van vrouwen die niets anders dragen dan huidkleurige slipjes. Wie vluchtig kijkt, zou denken dat ze helemaal naakt zijn, en van onderen geslachtloos. De commentaren zijn uiteenlopend. Onbezorgde seksuele vrolijkheid, zegt de een. De ander: stereotypering van de vrouw als lustobject. Zelf sla ik voorlopig even over, wat meningen betreft.

Jij zou het hier de hel hebben gevonden. *Zit je aan boord van zo'n prachtige boot uit het fin de siècle, ga je kauwgomzoete popdeuntjes draaien. Noem me maar weer een bejaarde, maar hier houdt mijn begrip voor de jeugd dus werkelijk op.*

'Ze stonden goed aangeschreven bij de Hospitalityclub, en ze leken gewoon wel relaxed, dus ik dacht: gewoon dóén.'

'Hey hey hey,' zingt Pharrell, en het volk op de dansvloer zingt met hem mee.

De Hospitalityclub is, als ik het goed begrijp, een uitwisselingswebsite voor couchsurfers. Matt en Dave doen vier dagen Amsterdam tijdens hun rondreis door Europa.

'En die ene is echt vet lekker.'

Die ene – Matt of Dave – huppelt op de springerige beat naar ons toe en gaat aan de andere kant van Merel zitten. Hij legt een hand op haar been. Zij draait zich naar hem toe, zegt: 'Hey, handsome,' en ze beginnen te zoenen.

Niet eventjes – *langdurig*.

'Hey hey hey.'

Ik zit er wat beduusd bij nu mijn gesprekspartner zo abrupt mijn aanwezigheid vergeten lijkt. De andere Amerikaan heeft opgemerkt wat er gaande is en maakt een gebaar alsof hij een gewassen hand droog wappert. Ja, die twee zijn lekker bezig. 'I know you want it,' zingt Robin Thicke, 'but you're a good giiirl...'

Met dezelfde discohuppel als zijn landgenoot

komt Dave/Matt op me af. Neemt naast me plaats op de bank.

'Oh man...' Hij wipt een petje van de Chicago Bears van zijn hoofd, woelt met zijn vrije hand door zijn geplette haardos. Het petje is donkerblauw met een oranje berenkop erop, en daarmee voldoet hij uitstekend aan de dresscode van vannacht. 'It sure is hot in here.'

'Dat kun je wel zeggen.'

'I'm sorry,' zegt D/M, 'but what's your name again?'

'Hanna. And yours?'

'Matt.'

Ook Matt is in Merel-termen 'vet lekker'. Zijn sportschoolbrede schouders barsten bijna uit het witte polo'tje dat hij draagt, zijn kaak is breed genoeg om menig soapseriekijkende dame het hoofd op hol te brengen, maar ik ben niet zo van de voordehandliggende hunks, en hij is jong, erg jong.

Ik geloof dat ik nu weer iets moet zeggen maar er komt niks.

'So...' zegt Matt. 'It's a great night, don't you think? And tomorrow's the big day. Man, this is gonna be the longest party I've ever been to.'

Ik haal mijn schouders op. 'A perfect day for bananafish,' mompel ik.

'What?'

Ik kijk even opzij, alsof daar hulp vandaan valt te verwachten, maar Merels hoofd is zo ongeveer verdwenen in de mond van Dave, op haar linkertiet ligt een knedende hand.

Ooit las je me dat verhaal voor van Washington Irving, over Rip Van Winkle, die na een magische slaap van twintig jaar terugkeerde in zijn dorp en zich verwonderde over wat daar allemaal veranderd was. Zo voelt het nu: ik beweeg me verdwaasd door een wereld die niet meer hetzelfde is als vóór mijn winterslaap. Het is een wereld met een gat erin. Een gebrek.

De wereld slaat zijn ene been over het andere en legt een vrijmoedige arm achter mij op de rugleuning van het bankje. Ik ruik de Axe onder zijn oksel, een ontroerende geur, het is echt nog een jochie, deze Matt, een jochie in een groot en gespierd mannenlichaam.

'So...' Nu gaan we het krijgen. 'How do you know Merel en Femke?'

Da's een makkelijke. Ik hang een standaardverhaaltje op over de studie.

'So you're a journalist, that's awesome. What do you write about?'

Ook dat is een makkie, ik ben blij met deze smalltalk, die als honing fungeert voor mijn stembanden, als absint voor mijn fantasie.

Het gebruikelijke relativerende toontje. Dat ik heus de ambitie had en nog altijd heb om de grote, belangwekkende onderwerpen te behandelen – politici aan de tand voelen, misstanden blootleggen, de maatschappij duiden – maar dat je het niet altijd voor het uitkiezen hebt. Dat ik nu dus twee keer per week verslag doe van societyfeestjes. Dat ik dan vooral zie hoe acteurs en galeriehouders en modeontwerpers en tv-presentatoren en schrijvers en fotomodellen en soapsterretjes dronken staan te worden op gratis cocktails, hoe ze opzichtig staan te netwerken en hoe ze hun dure designkleding aan elkaar tonen en vals lachen om niet-leuke grappen gemaakt door mensen die eventueel belangrijk zouden kunnen zijn voor hun carrière.

Mijn mild-cynische toon gaat waarschijnlijk verloren in de vertaling, want Matt zegt – en aan een verhoging in zijn stem hoor je de opwinding: 'Really? So you get to, like, meet lots of famous people?'

Het liegen gaat me makkelijk af, want hoeveel maanden sta ik nu al op non-actief? Hoeft Matt niet te weten. Nog niet.

'Yeah, we call them BN'ers.'

Er knort een gnuiflachje uit Matt. 'BN'ers...' Hij proeft het woord alsof het om een uitheems snoepje gaat. 'Awesome.'

Maar ondanks de like-awesome-clichés die zijn mond uit komen is Matt geen onaardige jongen en als ik het petje dat hij inmiddels weer op zijn hoofd heeft gezet wegdenk, moet ik Merel toch gelijk geven: aantrekkelijk vind ik hem, ja, ondanks mezelf. Ondanks mezelf, hoor je me?

Rechts van ons onderzoeken Merel en Dave nog altijd elkaars mondslijmvlies. Ik kan het ook niet helpen: er hangt iets in de lucht.

Buiten is daar trouwens weinig van te merken. Voor zover je door je eigen spiegeling heen kunt prikken, geven de ramen uitzicht op een stil kanaal met donkere huizen erlangs, geen idee waar we zijn.

Kostverlorenvaart misschien, die sfeer heeft het hier een beetje. Het volk dat aan dit water woont, slaapt of is de deur uit om zich in het centrum lam te zuipen. Zouden de kroonprins en zijn prinses nog wakker zijn? Of liggen die allang chemisch verdoofd in een sponde met vergulde baldakijn erboven, onder een brokaten deken, op kussens van satijn? En als ze nog wakker zijn, wat zeggen ze dan tegen elkaar? 'Zóóó geen zin in morgen...' Of is dat een flauw cabaretgrapje, van het type dat zo veelvuldig op tv vertoond wordt om het echtpaar via normalisering belachelijk te maken? In werkelijkheid nemen ze hun godgegeven taak – zo waarlijk helpe mij god almachtig – waarschijnlijk bloedserieus. Onlangs was er een uitgebreid interview met ze op tv. Ik keek ernaar in treurigheid, mijn koning. Ze waren nuchter en *down to earth*, met af en toe een geforceerd grapje ertussendoor, en een spindoctor of imago-expert had hen ongetwijfeld instructie gegeven *zo normaal mogelijk* over te komen. 'Ik ben geen protocolfetisjist,' zei de kroonprins. Waarom zo normaal? Hoe ze over hun relatie spraken. Alsof het om een strikt zakelijke overeenkomst ging. Welke liefde heeft zo'n lage dunk van zichzelf dat zij normaal wil zijn?

Anders gezegd: waar is de seks bij die twee? Het is dat ze drie kinderen hebben, anders zou je denken dat die mensen niet eens over geslachtsdelen beschikken.

Kapitein Iglo draait de muziek weg en meldt via de luidsprekers – zijn stem laag en zwoel – dat, ja ja dames en heren, hij de coördinaten van een huisfeest heeft doorgekregen en dat 'het schip' vanaf nu koers zal zetten naar de locatie in kwestie.

Ik vertaal de tekst voor Matt.

'Rozenkrakt?'

'Yep. If we are now where I think we are, then it shouldn't take too long to get there.'

Matt heeft een verse Heineken bij het barretje gehaald, ik heb mijn glas bijgeschonken. De muziek klinkt weer, maar staat sinds Iglo's aankondiging wat zachter, zodat we elkaar beter kunnen verstaan.

Matt vertelt over zijn werk. Wat hij erover te melden heeft is vrij saai, maar het is prettig luisteren naar zijn romig-nasale Amerikaans-Engels, het is een aantrekkelijk accent, licht gepeperd met een Spaanse bijklank die overeenstemt met zijn Latino-uiterlijk. Hij praat met de soepele ontspannenheid die misschien wel Amerikanen eigen is, maar die ook past bij de zorgeloosheid van het toeristenbestaan, het ongedwongene van niets hoeven, morgen niet vroeg op, als we willen kunnen we het hele feestetmaal dat ons te wachten staat doorgaan, al spookt er een drammerige begeerte door mijn buik die roept dat ik het einde van deze dertigste april niet mag halen.

De ene na de andere M&M verdwijnt in Matts mond, wat hem niet lijkt te hinderen bij het praten, en als het schaaltje leeg is, doet zich blijkbaar een andere honger voor die gestild moet worden, want uit zijn broekzak haalt hij een zakje wiet tevoorschijn en een pakje grote vloei en je ziet aan zijn motoriek dat hij het vanzelfsprekend wil laten lijken maar dat hij het ondertussen maar wát cool vindt dat dit ongestraft kan in Amsterdam. Met geduldige vingers legt hij plukjes wiet in een opengevouwen vloeitje, strooit er tabak uit een opengeknakte sigaret overheen en begint zichtbaar onervaren te draaien.

Als hij klaar is, houdt hij de joint, met de tip naar boven, als een microfoon voor mijn mond en zegt: 'So. Do you smoke?'

Ik neem de tip tussen mijn lippen en murmel: 'You bet.'

4

Er staat een briesje en voor het eerst vannacht heb ik het echt koud, hier op de achtersteven. Niet slecht, het werd veel te behaaglijk daarbinnen. Behaaglijkheid is een verdovingsmiddel dat alle ambitie in slaap sust.

Ik neem nog een diepe haal van de joint, reik hem vervolgens Matt weer aan. Inmiddels begin ik er iets van te merken. Lang geleden dat ik geblowd heb, kon er nooit goed tegen, maar waar het effect dat meestal optreedt bij mij een logge loomheid is, manifesteert het zich nu juist als lichtheid, een kietelig gevoel in mijn buik.

Door het openstaande deurtje van de salon bereiken ons de eerste synthesizerklanken van 'Maria Magdalena' ('you're a creature of the night', denk ik er meteen achteraan). Ik maak een vrolijk sprongetje want ik heb een voorliefde voor onbenullige jarentachtigmuziek, ooit begonnen toen ik een tiener was en het leuk vond om tegen mijn ouders te etteren met Duran Duran en Huey Lewis and The News – mijn ouders klaagden dan over 'die commerciële bagger'; zelf zwoeren ze nog altijd bij Joy Divison en The Cure alsof de No Future-dagen niet geëindigd waren met de komst van wat wel degelijk een toekomst was.

Dansen, dansen om het warm te krijgen. Ik begin wild met mijn armen te zwaaien en met mijn heupen te wiegen. Matt doet mee, de joint wuift hij met de askegel omhoog heen en weer op de maat, als een brandende aansteker bij een zwijmelnummer, maar hier valt niets te zwijmelen, de harde beat is opzwepend.

We dansen, we giechelen als tieners. Ik bedenk dat de schrik om die rat volledig uit mijn lijf is verdwenen, de slapte uit mijn benen, en ik giechel nog maar eens. Ik zeg tegen mezelf: het is een lachkick, het komt door de wiet dat je zo staat te hinniken, dat je schijnbaar plezier hebt.

Als het voorbij is, klinkt wel degelijk een zwijmelnummer. Ik kan niet op de titel komen, maar het doet er niet toe: met een theatraal gebaar opent Matt zijn armen, en al even theatraal stort ik me tegen hem aan, we omhelzen elkaar en maken zeilende bewegingen over het kleine achterdekje, het is nog steeds allemaal erg grappig, vind ik, en wat kan het ook schelen. Dansend ten onder, waarom niet?

Daar is het refrein: 'But then I fooled around and fell in lóóóve...'

Nu neigt Matt zijn hoofd wat naar achteren, kijkt me recht in de ogen, komt weer dichterbij en drukt zijn lippen op de mijne.

Ik krimp ineen, de slapte in mijn knieën is terug, ik maak me van hem los en doe een stap achteruit.

De muziek walst verder, een gitaarsolo beweent de moeilijkheden der liefde, en ik kan alleen het woord No uit mijn mond krijgen. Een seconde of twee lang staat Matt er als versteend bij, zijn armen in een positie alsof ik me er nog tussen bevind.

Dan laat hij ze zakken en zegt: 'What's wrong?'

'Ik kan dit niet doen.'

'Why? Do you have a boyfriend?'

'Nee. Ja. I have. I mean, I had.' En zoals het steeds gaat, alsof ik het telkens opnieuw moet zeggen om mezelf ervan te overtuigen dat het waar is, zeg ik het, zeg ik het tegen een wildvreemde die er in feite niets mee te maken heeft.

'He died.'

Verdwenen de lachkick, verdwenen de vrolijkheid. Wiedes-wiedes, Hanna-dear, wat had je dán gedacht?

Matt neemt een laatste teug van de joint, blaast langzaam de rook uit en schiet de peuk in het water. 'I'm sorry.'

'Het is oké. Het is al meer dan een halfjaar geleden. Ik dacht dat ik het inmiddels wel weer aan zou kunnen om gewoon een avondje lol te hebben.'

Het spijt me, Matt. Het klinkt heel ziek, maar je moet weten dat ik ervan geniet om anderen zijn dood in het gezicht te smijten, om hun gezichten te zien vertrekken van schrik of afschuw of verwarring, het maakt me niet uit wat, als er maar gereageerd wordt. De wereld moet om hem huilen want het is een grove schande dat hij er niet meer is.

'What happened? Ik bedoel, ik wil niet indiscreet zijn of zo.'

'Geeft niet. Ik kan er inmiddels over praten.' Ik haal diep adem, zeg dan: 'Heart attack.'

'Oh, man... That's terrible.'

Binnen wordt nog steeds rondgefooled en in love gevallen. Daar wel.

'Was hij erg oud, of zo?'

Oud? Eerder eeuwig. Zolang ik mij kan heugen onderdeel van mijn bewustzijn. En dan vooral zijn stem. Een bronzen klok, die stem van hem, een bariton die een kamer deed zinderen als hij sprak, niet zozeer vanwege het volume als wel vanwege de reikwijdte, de breedte van die stem. Ja, hij sprak niet hard maar breed. Zijn stem golfde niet alleen tegen je trommelvlies, maar tegen heel je lijf, je hele huid was een membraan dat trilde onder de golven van zijn keelgeluid, ik wist zeker – we wilden het nog altijd een keer proberen – dat als hij lang achtereen met zijn hoofd tussen mijn benen zou praten, ik klaar zou kunnen komen zonder dat hij me met een vinger hoefde aan te raken.

Soms denk ik die stem weer te horen. Als ik alleen ben, of juist in grote gezelschappen. Sommige mensen horen god tot zich spreken, maar is hij daarmee een realiteit? Is hij daarmee aanwezig?

Jij bent er niet.

Maar net als bij een god voel ik de behoefte me tot je te richten, al geloof ik niet in een leven na de dood. Ik wil gewoon dat iemand naar mijn gedachten luistert, dat ze niet verloren gaan zodra ik ze gedacht heb met mezelf als enige getuige, een vergeetachtige ook nog. Het is ongezellig in een mensenhoofd, er zijn slechtere redenen om een god te bedenken, mijn koning.

Maar. Dus. Ja. Inderdaad, Matt, hij was negenenzestig toen hij stierf. Wat zeg je? Vijfentwintig. Ja, dat is nogal een leeftijdsverschil. En?

Naderend gedreun in de verte: een andere boot met feestvierders. Een loeiend housemelodietje, er wordt naar ons gezwaaid, we zwaaien terug.

'Zijn jullie lang samen geweest?'

Het bevalt me wel dat hij zo zijn best doet, Matt, al vraag ik me af wat er in dat hoofd omgaat. Zijn het beleefdheidsvragen die hem, als ik ze eenmaal beantwoord heb, een goed excuus geven om mij de rest van de nacht te mijden? Dan heeft hij immers aan zijn sociale verplichting van empathisch luisteren voldaan en is geheel gevrijwaard om het leven weer verder te vieren. Of denkt hij: als ik maar empathisch genoeg doe, zal ze me wel een okéje gozer vinden en aangezien ze vast en zeker getroost wil worden, kan ik haar straks alsnog in mijn armen sluiten? De pussyhunter met het begripvolle masker. Ben je dát, Matt? Of is het echte, oprechte, pure interesse in een medemens?

'Mmm...' Lang? Ik zou het niet eens precies kunnen zeggen. Het lijkt een eeuwigheid te hebben geduurd, maar het kan niet veel meer dan vijf of zes maanden zijn geweest. 'Een halfjaar ongeveer... Is dat lang? Lang zegt me niet zoveel, lang is niet het criterium.'

'Als het intens was dan kan een halfjaar best lang zijn.'

'Geloof jij in ware liefde, Matt?'

'Uhm... I dunno... Jij?'

Ik lijd aan een ernstige conditie. Ik gelóóf. Je hebt dwergen, je hebt wat we gewone mensen noemen, je hebt reuzen. Is het verschil er een van kwantiteit of kwaliteit? Weet jij het? Zeg het maar.

Fout.

Ze verschillen wezenlijk van elkaar. Een huis van slechts één verdieping zal minder meebewegen in geval van storm dan een wolkenkrabber waarvan de lift tot de tachtigste gaat. Voel je het lauwe deinen, alsof je op een schip zit? Welke constructie-technische ingrepen zijn er verricht om te voorkomen dat het bouwsel omverdondert? Hoe hevig moet de wind zijn?

'Ik begrijp niet wat je bedoelt,' zegt Matt.

'Is liefde in grammen uit te drukken? In meters? Dát bedoel ik. Wil jij nog wat drinken?'

Binnen wrik ik een flesje bier open voor hem, en voor mezelf hengel ik een koelemmer met een volle fles champagne van een verlaten tafeltje. Ik schuifel terug naar buiten. Niet nodig eigenlijk, die koelemmer, koud genoeg buiten, maar het idee van zo'n ding staat me aan. Doet me aan jou denken, aan je vanzelfsprekende omgang met luxe. Voor een meisje uit een ultralinks milieu, waarin eenvoud, bescheidenheid en nogal communistisch aandoende ideeën over eerlijke verdeling van rijkdom en de nodeloosheid van luxe de norm waren – voor een meisje zoals ik was die wereld van glamour die jij opende een verademing. O nee, je was geen patser die anderen graag liet zien hoeveel hij wel niet op de bank had staan, daar ging het je niet om. Je was iemand die van goede en mooie dingen hield, en die dingen bleken nu eenmaal nogal aan de prijzige kant te zijn.

'Thanks,' zegt Matt als ik hem zijn biertje aanreik. 'Zal ik die voor je openmaken?'

'Charming,' zeg ik. Hij neemt de fles van me aan, begint te pulken aan het folie dat om de kurk is gewikkeld.

'Heb je al over de ware liefde nagedacht?' vraag ik.

'Ha! Yeah well, ik weet 't niet... Is dat hele concept niet een beetje ouderwets?'

Dit is interessant. Hij praat me niet naar de mond. Dat betekent dat hij niet alles zal doen om me in bed te krijgen. Dat betekent misschien wel dat zijn motieven zuiver zijn, dat hij gewoon op zoek is naar een goed gesprek of een mooi verhaal. Is mijn verhaal bij hem in veilige handen?

'Het idee dat de ware liefde niet bestaat is inmiddels juist weer ouderwets geworden.'

Pof! Uit de mond van de champagnefles komt een wolkje wasem, Matt neemt mijn glas van me aan en schenkt in. 'Cheers!'

Ik vertel hem over mijn ouders. Mijn Verwekkers en hun Ideeën over De Liefde. Eigenlijk is liefde in dit verband niet het juiste woord. Ze deden aan 'samenzijn' en 'elkaar vrij laten'. Nooit heb ik het kunnen opbrengen aan een van tweeën te vragen om de exacte details van hun promiscuïteit in kaart te brengen. Ik wil het niet weten. Feit is dat ze het een tijd lang met elkaar deden, zo ongeveer vanaf halverwege tot eind jaren tachtig, dat uit deze periode van het-met-elkaar-doen een kind geboren werd, namelijk ik, en dat zij al vrij snel daarna seksueel gezien wel zo'n beetje op elkaar uitgekeken waren, maar het toch wel een aardig idee vonden om samen en in goed overleg dat kind op te voeden, reden waarom mijn vader, toen de woning naast de onze vrijkwam, ervoor koos om dáár te gaan wonen, in hetzelfde trappenhuis, op dezelfde verdieping (de tweede). Nieuwbouw. Netjes via de woningbouwvereniging. De tijden van het kraken waren voorbij, al bleven ze sympathiseren met het fenomeen.

Ze hadden bij wijze van spreken een gat in de muur tussen de beide woningen kunnen breken als doorgang, maar blijkbaar geloofden ze allebei graag in de illusie van onafhankelijkheid en gescheiden woningen, dus wanneer ik als kind van het huis van de een naar het huis van de ander wilde, ging dat toch meestal gewoon via de voordeur, en anders wel via het balkon, het kostte weinig moeite en was niet bepaald gevaarlijk om van het ene balkon naar het andere te klimmen, je hoefde slechts over een hekwerkje van nog geen meter hoog te klauteren.

'Ik heb de liefde zelf moeten bedenken, Matt, mijn ouders deden er niet aan. Of deden er te veel aan, waardoor het een betekenisloos begrip werd. Relaties zijn relatief, dat is zo ongeveer de gedachte waar ik mee ben opgegroeid. M'n ouders waren trots op hun vrije moraal, maar wat moet een kind ermee als er elke zoveel weken een nieuw vriendje van mama in huis hangt of een nieuw vriendinnetje van papa aan de andere kant van het trappenhuis?'

Mijn ouders. Tegen gezag, tegen paternalisme. Vandaag is een dag om aan ze te denken, want o, wat waren ze aanwezig geweest op die andere inhuldigingsdag, 30 april 1980. Verhalen te over, verhalen net zo onbetrouwbaar als die over het verzet tijdens de Tweede Wereldoorlog. Valse heroïek, achteraf wilde iedereen aan de juiste kant staan, de stoere kant in dit geval, terwijl op die dag zelf de meeste mensen helemaal nergens stonden.

Soms wou ik dat ik in een patriarchale, totalitaire staat was opgegroeid, met plichten als vrouw, gedragsregels voor mannen. Dit wijf is van mij en wie eraan komt, vermoord ik: dat werk, die hevigheid van gevoel. Heerlijk moet dat zijn voor een vrouw: een man die het grootste offer voor je brengt. In plaats van dat laffe, nonchalante gelijkheidsdenken van de moderne man.

'Kortom,' zeg ik tegen Matt, 'ik vind ware liefde juist weer heel erg modern.'

'Het moet een bijzondere man zijn geweest die jou tot zulke vernieuwende ideeën heeft gebracht. So, tell me... Wat was het voor iemand? Een leraar van je?'

Het is de juiste vraag, *precies* de juiste vraag. Maar de twijfel blijft: waarom zou ik jou, jij die niets bent, vertellen over hem, hij die alles is? Waarom zou ik mijn liefde voor hem corrumperen door erover te vertellen aan de eerste de beste voorbijganger? Omdat het jou niet uitmaakt waar we het over hebben zolang we maar aan de praat blijven, zodat we op zeker moment wel genoeg van elkaar weten om met goed fatsoen met elkaar naar bed te gaan?

Nee. Omdat het *mij* niet uitmaakt. Omdat het mij niet uitmaakt wie er luistert, *als* er maar iemand luistert.

Ik zal vertellen wat niet te vertellen valt.

5

Televisie: wat me bezielde, ik had geen idee, misschien kwam het door alle feestjes die ik bezocht, die behalve door BN'ers vooral ook door een bont gezelschap van wannabe's werden gefrequenteerd, de mensen die daar rondhingen om de edele wierookwalm van de roem op te snuiven. Zo iemand was ik in feite ook. Overal en altijd aanwezig, maar nooit een 'graag geziene gast', zoals dat heette in het jargon van de societyjournalistiek.

Televisie dus. Met die rare kop van mij zou ik wel weinig kans maken, maar inhoudelijk had ik een streepje voor op het gemiddelde blondje. Het was de moeite van het proberen waard.

Ik schreef me in voor een workshop 'Nieuwslezen voor de Camera'.

Decor: een conferentiezaaltje in een grijze blokkendoos op het Mediapark, dat troosteloze oord. Ik was er wel vaker geweest, om verslag te doen van borrels en recepties ter plaatse. Als de avond dan ten einde liep en de genodigden zich door een taxi naar de hoofdstad of hun villa's in omliggende dorpen lieten brengen, was ik veroordeeld tot het amper verlichte perron van Station Hilversum-Noord (twee kale perrons, het mocht eigenlijk geen station heten). Het Mediapark: een plek om alle hoop te laten varen, maar uitgerekend hier zou ik de liefde vinden.

Binnen stond krachteloze automaatkoffie klaar voor de workshopdeelnemers. Tafeltjes waren opgesteld in een hoekige U, en in de opening van die U prijkte een dreigende videocamera op een statief met een groot monitorscherm ernaast.

Een paar minuten voor aanvang kwam een slanke oudere heer de ruimte binnen. Kaarsrechte houding, bedachtzaam loopje. Iedereen keek zijn kant op. Zilvergrijze krullenbos, vol als bij een achttienjarige. Hij droeg een eenvoudig linnen pak, mosgroene suède brogues eronder. Schudde iedereen stevig de hand, raakte de mensen aan op een niet-opdringerige maar wel intieme manier. Een hand op een schouder, op een bovenarm. Alsof hij melaatsen stond te genezen, een voor een ging hij ze af en dreef de duivel van de zenuwen uit hun botten. Want zenuwachtig waren we, allemaal.

Bij mij aangekomen zei hij: 'Goeiemorgen. Arthur van Heeren. Welkom.'

Geen bijster originele woorden. Om precies te zijn: exact dezelfde woorden als die hij tegen alle andere aanwezigen uitsprak.

Maar die stem.

Die stem had mij tijdens mijn hele jeugd het nieuws verteld en nu hoorde ik hem voor het eerst *live*, voelde ik hem voor het eerst die trilling in de lucht teweegbrengen.

Nauwelijks te bevatten dat er een tijd is geweest dat ik hem niet kende, zoals het wel begrijpelijk maar toch onvoorstelbaar is dat er ooit een tijd was dat je zelf niet leefde, nog niet in de wereld was. Alle kennis die je hebt over de tijd vóór je geboorte, alles wat je je er met de nodige fantasie wél van kunt voorstellen, is een voorstellen op basis van je werkende, levende geest. Het verleden kan enkel bestaan doordat het Levende Nu bestaat. De dag van onze ontmoeting was een dag zonder gisteren. Arthur was het begin van mijn jaartelling, nee, extremer: hij was mijn oerknal.

'Het nieuws lezen.' Zo begon hij. 'Een archetypisch beroep... Het beroep van nieuwsbrenger, van boodschapper, is misschien wel ouder dan u-weet-wel-welk ander beroep waarvan men pleegt te zeggen: dát is het oudste ter wereld.' (Gegiechel kriebelde door het zaaltje.) 'En als niet ouder, dan in ieder geval toch belangrijker. Want hoe kun je in alle rust vrijen als je verspieders de vijand niet in de gaten houden? In vroeger tijden doodde men de boodschapper als het nieuws niet beviel. Wij zijn beschaafd geworden. Van een dief wordt niet langer de hand afgehakt, maar hij krijgt een taakstraf of boete. En de boodschapper? Die wordt tegenwoordig uitgescholden op internet, krijgt dreigbrieven. Daar moet je tegen kunnen. Het is nog altijd beter dan dat ze je kop eraf hakken of je aan een kruis nagelen.'

Hij wist waar hij over sprak. Toen hij vijf jaar eerder was gestopt met het presenteren van het achtuurjournaal, omdat hij een eigen talkshow kon krijgen bij de VARA, stonden de woedende volkshordes al na de eerste uitzending klaar met hun gebruikelijke arsenaal aan schandpaalplatitudes: 'oude journalistiek', 'linkse grachtengordel-elite', 'socialistische hoernalist van de staatsomroep'. Had hij zich in zijn journaaltijd nog achter het masker van de neutraliteit kunnen verschuilen – hij was slechts de boodschapper! – in zijn talkshow toonde hij veel meer zijn eigen karakter en persoonlijke voorkeuren. En dat kwam hem duur te staan.

Het meest stoorde hem dat hij in de linkse hoek werd gedrukt. Hij, de neutrale. Woedend kon hij daarover worden, zelfs nog in de tijd dat hij en ik samen waren, hoewel hij al een flinke poos met die talkshow gestopt was. 'Links!' foeterde hij dan. 'Alsof het feit dat je niet heilig in de vrijemarkteconomie gelooft je meteen tot een of andere half-communist maakt. Kritische vragen stellen over rechts beleid? Nee, dan houd je er direct SP-ideeën op na over asielzoekers en de verzorgingsstaat. De stupiditeit van de mensen die met dat labeltje "links" schermen. Ik zou me er niet over op moeten winden, maar het is zo *dom*, zo oneindig dom.'

Want hoewel hij zijn journalistieke carrière bij het inderdaad ooit als links te boek staande *Vrij Nederland* begonnen was, en vervolgens doorstoomde naar een actualiteitenprogramma op de inderdaad nogal linksige VPRO-radio, had hij altijd geweigerd zich te conformeren aan al te radicale ideologieën. En algauw stapte hij over naar de neutralere NOS, eerst als verslaggever voor het NOS-journaal, later als *anchor*, al gebruikte destijds nog niemand die uit Amerika overgevlogen term.

Van de monarchie was hij voor- noch tegenstander: op 30 april 1980 had hij, zo vertelde hij me, eenvoudigweg zo objectief mogelijk verslag gedaan van de kroning én van de rellen, met evenmin de behoefte om met de strijdende krakers mee te doen als om zich bij het Oranjegezinde vlaggetjesvolk op de Dam te voegen. Hij stond erbuiten, erboven, ernaast.

Eén keer toonde hij me op zijn computer de speciale mailbox waarin hij alle haatmails verzamelde. Het was een verbijsterende hoeveelheid. Duizenden, duizenden, maar allemaal met min of meer dezelfde strekking.

Als t aan jou lig komen die apen hier allemaal hier heen onze banen pakken ze zoudn je strot moeten afsneien klotzak

Hij schreef altijd terug, en als ik hem vroeg waarom hij zijn tijd verdeed aan die idioten, citeerde hij met een sardonische grijns de woorden van Jezus: 'Die gezond zijn hebben den medicijnmeester niet van node, maar die ziek zijn.' En na een knipoog voegde hij eraan toe: 'Mattheüs, 9:12.'

Ten tijde van die workshop verscheen hij zelden nog op televisie. Zijn talkshow was al na drie jaar geschrapt wegens omroepbezuinigingen en sindsdien had hij zich toegelegd op een bescheiden radioprogramma over kunst, cultuur en politiek, drie keer per week rond middernacht.

De dag duurde lang en was intensief. We deden rollenspelen, hij was enorm geduldig, zelfs bij de meest talentloze types, de mensen die bij het voorlezen van een stuk tekst nog niet eens de klemtonen correct wisten te leggen of die de tv-uitstraling hadden van een kameleon die zich in zijn eigen tong had verslikt.

Tegen mij was hij zeer complimenteus. Hij prees me om mijn 'naturelle uitspraak'. En: 'Je hebt een goed gezicht. Mooi, en toch dat zakelijke van een echte anchor.' Dat zegt hij natuurlijk tegen elk lekker jong ding dat hem wel bevalt, dacht ik toen. Zo geschikt was die kop van mij niet.

Bij het gezamenlijke diner na afloop probeerde ik bij hem in de buurt te komen, ik wilde méér: meer van zijn woorden, alleen tot mij gericht.'

'Liefde op het eerste gehoor?' vraagt Matt.

'Ik weet niet... Het was niet zozeer dat ik verliefd op hem was of zo... het was eerder nieuwsgierigheid naar dat enorme aura van aantrekkelijkheid, dat charisma als een stoomwals. Waar bestond dat uit? Waar was het van gemaakt? Meer nog dan dat ik hém wilde, wilde ik een antwoord, wilde ik hem begrijpen.'

Tijdens dat diner werd het niks. De tafelschikking bepaalde dat ik ver mij hem vandaan zat. Ik werkte me door de drie gangen van het Van der Valk-voer dat ons werd voorgezet heen en kon niet wachten tot de borrel na afloop. Toen het eindelijk zover was had ik inmiddels zoveel witte wijn gedronken, terwijl ik tijdens het diner zo weinig door mijn keel had kunnen krijgen, dat ik nauwelijks nog op mijn benen kon staan.

Ik wankelde op hem af en sprak hem aan. 'Uw stem,' zei ik, onvast. 'Uw stem heeft mijn jeugd begeleid.'

Hij keek me aan, was het medelijden in zijn blik? Ondanks mijn laveloze toestand ontwaarde ik in ieder geval geen walging of teleurstelling. Hij zei: 'Ik ben me van geen kwaad bewust.'

Ach, ik was natuurlijk bij lange na niet de enige of de eerste die dat tegen hem zei. Hoeveel mensen hadden er in zijn hoogtijdagen gemiddeld per dag naar dat journaal gekeken? Een miljoen? Twee, drie? Hij heerste over complete huishoudens met zijn stem en met dat rustige, betrouwbare uiterlijk waar toch iets spannends in zat, iets onverklaarbaar aantrekkelijks.

'Wat is het geheim van die stem? Hoe krijg je je stem zo, dat je al die mensen kunt bereiken, dat je je woorden kunt impregneren in hun breinen?'

'Zo, dat zijn nogal verwachtingen die je hebt van een stem. Ik maak mezelf wijs dat de boodschap die ik overbreng toch de meeste indruk maakt, in de regel.'

'Dan leeft u in een illusie.'

'Zeg maar je.'

'Je.'

'Meneer Van Heeren, mag ik u even storen?' zei een jongen van mijn leeftijd, die zich tussen mij en Arthur in drong. Iemand die zo bekend was als hij werd voortdurend lastiggevallen, zeker nu hij een dag lang een performance had gegeven, zo aanraakbaar en dichtbij was geworden voor ons, de uitverkorenen.

'Heb je één momentje, jongeman,' zei hij op hautaine toon, 'dan maak ik even mijn gesprek met de dame af.' Hij pakte me bij mijn bovenarm en trok me een eindje uit de buurt van de jongen. 'Luister, ik wil best met je verder praten en misschien heb ik zelfs wel een antwoord op je vraag, of in ieder geval het begin van een antwoord. Maar hier, vanavond, worden we telkens gestoord. Dit is mijn kaartje. Bel me, dan maken we een afspraak.'

'Oeh, ik weet niet of ik me persoonlijke begeleiding kan veroorloven. Ik bedoel, financieel.'

Hij trok een wenkbrauw op. 'Ik praat heus ook wel eens met mensen zonder dat de teller loopt. Bel me nou maar.'

Ik bekeek het kaartje. Niet het kaartje dat eerder op de dag was meegeleverd in het studiepakket van de workshop. Daarop had weliswaar zijn naam gestaan, maar met de gegevens erbij van het agentschap dat hem vertegenwoordigde. Dit was zijn persoonlijke kaartje. Een adres aan de Amstel, een mobiel nummer. Ik schrok er nogal van, het was zo *obvious* waar dat kaartje toe moest dienen, wat hij zich voorstelde bij 'een gesprek'. Het viel me van hem tegen, maar de nieuwsgierigheid bleef.

Het deurtje van de salon gaat open en Marieke en Titia komen naar buiten, sigaretten al tussen de vingers geklemd.

'Storen we?' zegt Titia (hihi'tje tegen Marieke).

'Nee hoor,' zeg ik. 'Jullie komen als geroepen.'

'What?' vraagt Matt.

'Nothing.'

Ik maak een vaag gebaar met mijn ogen dat moet uitdrukken: ik vertel straks verder. Met een begrippvol knikje toont hij me dat hij het begrepen heeft.

Ja, Marieke en Titia komen als geroepen. Even pauze, even bijkomen. Het was veel in één keer. Dingen die ik nog nooit op deze manier aan iemand verteld heb en ik verbaas me er zelf over hoe goed ik me weet te houden. Dat ik er eerder vrolijk van word om zo over hem te praten dan verdrietig.

'Moeten we hem mee naar binnen lokken?' fluistert Marieke.

'Nee, hij is oké. Echt.'

Ik denk terug aan die eerste avond. Arthurs huis aan de Amstel... Eerder vannacht zijn we er nog langs gevaren. Door de overdaad aan indrukken, aan boord en in de stad, was ik er niet op bedacht. Ik zat nog maar net op de boot, we voeren van de Kloveniersburgwal de Amstel op, daar ter hoogte van het Rembrandtplein. Aan wal, langs het water: een gekkenhuis. Overal leken feesten aan de gang te zijn, uit cafés klonk luide muziek; op straat en op pontons in het water waren podia opgezet, sommige al in gebruik; colonnes mensen marcheerden over straat, vele van hen al in zichtbaar verregaande staat van dronkenschap, sommige met fles in de hand, agressief ook een beetje. Alle regels en wetten verdwijnen op zo'n feestdag, de mensen kennen hun eigen grenzen niet, één vonkje en de boel ontploft.

En overal was het oranje. Slingers, vlaggen, reclamebanieren, kleding.

Op de achtergrond kon je de discotheken aan het Rembrandtplein horen dreunen. Wat een hel moest het daar zijn. Een schijnwerper bewoog zijn witgele straal als een ruitenwisser langs de nachtelijke hemel.

En dit was nog maar het begin van de nacht. Morgenochtend zou een sprinkhanenplaag van provincialen de stad overspoelen, leeg gegraasd zouden de straten achterblijven, een fermentatielaag van blikjes en plastic bekertjes eroverheen, platgetrapt de grasvelden, stinkend van pis en kots en verschaald bier het plaveisel.

Toen we het Waterlooplein naderden en de Blauwbrug in zicht kwam, buitelden de herinneringen ineens over elkaar heen. Die verdomde Blauwbrug, waar mijn ouders zo vaak hun sterke verhalen over hadden verteld. Hoe het Waterlooplein en omstreken wel een oorlogsgebied had geleken. Ze vertelden er altijd weer met trots over, terwijl ze, wanneer er ergens in de wereld oorlog uitbrak, niet konden wachten er hun afkeer over uit te spreken. Maar dit was hún oorlog en die nam niemand hen af.

Dertig vier dertien. Jij weet natuurlijk van niks, je was al uit deze wereld verdwenen toen Beatrix begin dit jaar haar aftreden aankondigde.

Zou het net zo uit de hand lopen als drieëndertig

jaar geleden? Niet dat ik het nieuws al te best in de gaten had gehouden, de afgelopen tijd, maar het leek me sterk. De parallellen met 1980 lagen nochtans voor de hand. Hoge jeugdwerkloosheid, crisistijd. Maar mijn leeftijdgenoten kennende zou er onder de jongere generatie vooral een vrolijk feestje gevierd worden, en wat de oudere generaties betreft: daarvan had het grootste deel zich inmiddels bij het bestaan van het koningshuis neergelegd, en zij die het nog steeds afkeurden hadden de kracht of de zin niet meer om nog te protesteren.

Een dag of drie geleden had ik tijdens het boodschappen doen een gesprek opgevangen tussen twee huisvrouwen. 'Ik ben weg naar de camping hoor, die dag. Mij niet gezien dat ik hier blijf in die gekte.' Ze hadden het over aanslagen, terreurdreiging. Zouden er veel mensen de stad uit zijn gevlucht?

Bij de Magere Brug aangekomen werd het me bijna te veel. Die brug: een vertrouwd uitzicht. Schuin ernaast: het huis waar ik zoveel zalige dagen en nachten had doorgebracht, en dat ik sinds Arthurs dood gemeden heb. Het was dáár dat ik enkele dagen na de workshop het trapje naar de bel-etage besteeg en aanbelde.

'Dit moet wel een van de mooiste plekken in Amsterdam zijn.' Dat was alles wat ik wist uit te brengen toen hij me had binnengelaten.

Hij vertelde hoe hij het huis begin jaren tachtig voor 'nog géén honderdduizend gulden' had gekocht. 'Het was hier toen nogal een louche buurt. Er zaten hoeren, het wemelde van de junks, niemand wilde hier wonen.'

Ik kon het me nauwelijks voorstellen. Zo lang als ik leefde, waren die huizen aan de Amstel een soort paleizen. Daar woonden geen mensen, alleen koningen.

'We laten jullie tortelduifjes weer even alleen,' zegt Marieke, terwijl ze haar handen warmt door ze tegen elkaar aan te wrijven, waarna ze het deurtje van de salon opent en samen met Tiets naar binnen verdwijnt.

Ik slaak een diepe zucht, ter voorbereiding.

'Hoe ging het verder?' vraagt Matt.

'Wat?'

'Dat kaartje! Heb je hem gebeld?'

Ik sta lichtelijk perplex.

Blijkbaar is er iets in mijn vertelling wat Matt gegrepen heeft.

Nu moet ik voorzichtig zijn. Niet te veel ineens voeren. Hem af en toe laten kermen van honger. Hij wil de juicy details horen. Daar moet ik gebruik van maken. Op de juiste momenten vertragen. Uitweiden. Een zijpad inslaan. En pas als ik hem dreig te verliezen iets vunzigs prijsgeven. Ja, zo moet ik het doen. Ik heb je, Matt, en ik laat je niet meer los.

'Ik ga voor je koken,' had hij aan de telefoon gezegd. 'Een goed gesprek heeft altijd een onderlaag van lekker eten nodig.'

En koken kon hij. Of misschien was ik bedwelmd

door de urenlange nabijheid van zijn stem, helemaal exclusief voor mij alleen. In ieder geval was zijn keuken ingericht op vakkundige culinaire activiteiten, en hij bewoog zich erdoorheen alsof hij de hele dag niets anders deed dan met koperen pannen jongleren, eiwit opkloppen met een garde, met mitrailleurderig snelle bewegingen een wortel tot flinterdunne schijfjes hakken, een delicate vinger in een saus steken en daarna in zijn mond, de vinger vervolgens afvegen aan het donkerbruine schort dat hij droeg. En toen hij de eerste amuse naar mijn mond bracht, daar in die keuken, 'niet vragen wat het is, gewoon mond open en proeven', wist ik zeker dat hier een man stond voor wie alleen het beste goed genoeg was. Bleef de vraag wat hij in godsnaam in mij zag, maar misschien haalde ik me van alles in het hoofd wat ik me niet in het hoofd moest halen.

Opwindender nog dan de smaak van wat hij me voorschotelde was het om naar hem te kijken zoals hij daar bezig was, onderwijl kwekkend over een labyrint van onderwerpen, nu en dan commentaar gevend op zijn verrichtingen, met een gemak alsof hij ter plekke bezig was een kookprogramma voor televisie te presenteren. Het was bijna een teleurstelling dat hij het hoofdgerecht niet óók in de keuken serveerde, maar in een ruimte die hij 'De Salon' noemde.

De stem maakte alles goed. Hij vertelde aan één stuk door, over zijn begintijd als journalist, over zijn jaren als verslaggever voor de NOS, de ontmoetingen met politici en andere hoogwaardigheidsbekleders, maar net zo makkelijk ook over zijn jeugd of over zijn drie huwelijken, over zijn volwassen kinderen (twee: zoon en dochter) of over zijn vriendenkring vol klinkende namen.

Zijn brein moest een soort internet zijn waar alleen hij het overzicht over had: hij begon een verhaal, kwam halverwege bij een link terecht – 'Dat doet me denken: ik was eens...' – klikte er schijnbaar klakkeloos op, dook onverschrokken in een nieuw verhaal tot hij binnen dát verhaal bij een interessante link aanbelandde, waarop hij ook weer klikte, net zo lang tot er een hele reeks tabblaadjes openstond, en dan, op miraculeuze wijze, wist hij een verhaal af te ronden, sloot het tabje, keerde terug op precies het juiste punt in de vertelling die hij tijdelijk verlaten had, en zo verder tot hij uiteindelijk, na op de terugweg ook nog af en toe een linkje te hebben aangeklikt, bij het verhaal eindigde waarvandaan hij vertrokken was.

In dat voor mij amper te bevatten wereldwijdeweb van verhalen stuitte hij op zeker moment op de fascinatie die mensen hadden voor zijn stemgeluid. Ik was dus inderdaad niet de enige, en hijzelf had op zijn beurt een soortgelijke fascinatie gevoeld voor de stem van de Arthur van Heeren van *zijn* tijd: Philip Bloemendal. 'Eerst stelde ik me daar niet eens een persoon bij voor,' zei hij. 'Ik dacht dat er een heel legertje mannen geselecteerd was die allemaal dezelfde intonatie en dictie hadden aangeleerd gekregen en die elkaar afwisselden bij het presenteren van die Polygoonjournaals. En dan kom je erachter dat het één man is. Overdonderend vond ik dat: één man, wiens stem iedereen in Nederland kende. Zo alomtegenwoordig, zo vanzelfsprekend héérsend als een onverkozen vorst.'

Ik kon alleen maar ja knikken en het zeggen: 'Ja. Ja, dat heb ik ook. Dat is precies wat ik met jouw stem heb.'

Na het eten: met koffie en cognac op de bank, ook in De Salon. Later champagne. ('Een dag zonder champagne is een dag voor de prullenbak.') Nog altijd kon ik niet doorgronden wat zijn motieven waren. Deed hij dit vaker? En dan met willekeurig wie hem maar benaderde voor een persoonlijk gesprek, of alleen met jonge vrouwen die hij oplepelde uit zijn workshoppubliek?

Net zo makkelijk als hij van het ene verhaal over zijn eigen leven in het volgende tuimelde, kon hij de sprong maken naar *mijn* leven. Ik luisterde en bijna onmerkbaar was dan de stellende wijs van zijn vertelling in een vragende wijs omgeslagen en klonk er een stilte en wist ik: nu moet ik iets terugzeggen. Hij duldde geen ja/nee-antwoorden, nam geen genoegen met een samenvatting van drie zinnen. Wat hij wilde horen was een echt verhaal, met een helder beginpunt en de bijbehorende achtergronden, met een duidelijke lijn die via een gedetailleerd middengedeelte naar een onvermijdelijk einde leidde. En als ik sommige details niet meer wist, dan moest ik ze er maar bij verzinnen. 'Dat doet het van zichzelf tóch al, het mensenbrein: de gaten in je kennis opvullen met verzinsels. Kun je net zo goed bewust doen. Als het maar een mooi verhaal oplevert.' Met het gemak van de doorgewinterde interviewer leidde hij me precies naar de hoofdstukjes Hanna waar hij benieuwd naar was: jeugd, ouders, interesses en ambities, ervaringen in de liefde.

Tijd bestond niet meer, het begrip uur was betekenisloos geworden en het kwam dan ook als een schok toen hij na lediging van het zoveelste glas champagne opstond, schijnbaar om een nieuwe fles uit de keuken te halen, maar hij hield halt, wachtte een tel, draaide zich om, keek me aan en zei: 'Hanna, blijf je slapen?'

Voor het eerst die avond meende ik een onzekere trek in zijn gezicht te bespeuren, de oogopslag van iemand die een al te vrijmoedige vraag had gesteld. Of spéélde hij zijn onzekerheid, hij die zich zo bewust moest zijn van hoe zijn gezicht op de kijker overkwam?

Spoorslags holden mijn geschrokken gedachten als een uiteen gedreven kudde schapen alle kanten op: wilde ik De Stem wel verpesten door er een al te lichamelijke persoon aan te verbinden? Moest je iemand die je op één bepaalde manier zo vertrouwd was in een andere context leren kennen? Was dat niet alsof je de altijd zo correct geklede minister-president ineens in een lelijke zwembroek waarboven een oncharmant buikje hobbelde op het strand zag lopen, alsof je de koningin midden in de nacht tegenkwam in een snackbar waar ze stomdronken een vette bek stond te halen? Wat als hij tegenviel in bed, als stem en lichaam volkomen met elkaar in tegenspraak waren? En een ander ontsnappend schaap uit de kudde: wilde ik me wel laten neuken door een Bekende Nederlander alsof ik de eerste de beste groupie was?

'Misschien een andere keer,' zei ik, terwijl ik ook opstond. 'Mag ik dat zeggen?'

'Je mag alles zeggen.'

Niet veel later, bij de voordeur: hij kwam achter me staan, hield met één hand mijn linkerschouder vast, bewoog met een licht kietelende vinger van de andere hand langs mijn nek, tintelde ermee langs de haargrens achter mijn oor en van daaraf beschreef zijn vinger de kwartcirkel langs mijn hals tot eindpunt sleutelbeen, waaromheen de grens van mijn bloesje lag. Even verdween de vinger nog een millimeter onder de stof van de kraag – ik huiverde – en trok zich daarna terug. Hij liet me los, zei: 'Bel me nog eens', en opende de deur. Afscheid zonder zoenen, maar hoeveel langer bleef zijn vinger niet in mijn hals natrillen dan welke zoen dan ook ooit had kunnen doen?

'Jeez,' zegt Matt. 'En toen?'

'Spijt als een gek, natuurlijk. Hele nacht wakker gelegen. Schaamde me kapot ook, op een of andere manier. En toen was *hij* het nota bene die belde, de volgende ochtend. Om zich te verontschuldigen voor zijn "oneigenlijke voorstel". En hij zei: "Mooie jonge vrouwen als jij belanden natuurlijk aan de lopende band in dit soort situaties. Je wilt serieus genomen worden om je persoonlijkheid, maar de man in kwestie denkt weer eens alleen maar aan één ding." En toen begon ik me ook te verontschuldigen. "Ik heb er geen moeite mee dat je mij als een aantrekkelijke vrouw ziet. Echt niet. Ik had gewoon moeten blijven." En toen moesten we allebei heel erg lachen. En hij zei: "Kom hierheen, alsjeblieft. Nu."'

'En wat zei jij toen?'

Voor ik kan antwoorden mindert de salonboot vaart en beweegt hij zich soepeltjes naar de waterkant. Titia komt naar buiten, ze zegt: 'We zijn er', en ik moet even nadenken voor ik begrijp wat 'er' betekent en ik hoor Siem omroepen: 'Thank you for flying Iglo Air', en ik zucht diep want ik zat midden in het geluk en nu moet ik het afbreken zonder de garantie dat er straks nog gelegenheid is om erin terug te belanden.

6

We stommelen met z'n allen de drie trappen van het oude huis op. Boven kringelen we om de gastheer heen: Jurriaan, laveloos, knaloranje broek onder een lichtblauw overhemd. 'Jezus, wat zijn jullie laat.'

Protest van Iglo: 'De nacht is nog jong, we beginnen net.'

'Hebben jullie wel iets te drinken bij je?' zegt Jurriaan. 'Hier is bijna alles op.'

Flessen champagne als toegangsprijs wisselen van hand. De fles die ik voor het van boord gaan in mijn tas heb gestoken, houd ik nog even bij me.

In de gang vormt zich een heuveltje jassen, waarna ons gezelschap over het huis uitzwermt, sommigen rechtsaf de gang door richting keuken, de meesten linksaf de gang door richting huiskamer, waar de muziek is. Ruim appartement, de huiskamer is weids: langs de brede wanden staan meubels, twee banken en een flink aantal stoelen, aan de kant geschoven om een dansvloer te creëren. De meeste nog aanwezige gasten zitten aan de zijlijn in variërende toestanden van dronkenschap. Vier, vijf staan er te dansen. Ze kijken wat verstoord op als wij binnenkomen.

Achter een bureau met daarop twee draaitafels en een bak vol vinyl staat een dj die opgewekt-melancholische muziek uit de jaren twintig of dertig draait. Hij lijkt de nieuwe garde niet op te merken, verdiept als hij is in het klaarzetten van de volgende plaat, de ene schelp van zijn koptelefoon tegen zijn oor, de andere in zijn hals.

Op de 'dansvloer' een meisje met een zwarte boppruik, een hoofdband eromheen met daaraan een pauwenveer die de lucht in steekt. Ze rookt een sigaret met een lang mondstuk. Op de bank hangen twee jongens met Al Capone-hoeden op en pakken aan met lange regenjassen eroverheen en ik begin het vermoeden te krijgen dat er een dresscode is afgesproken, Roaring Twenties of Dirty Thirties, maar het verband met Koninginnenacht is me niet duidelijk. Een meisje dat zich heeft voorgesteld als de vriendin van Jurriaan gaat rond met glazen champagne, ik neem er een, de tel ben ik allang kwijt, het doet er ook niet toe, één twee veel.

Ik sta in een kringetje met Marieke en Tiets. Zij dansen, ik beweeg halfslachtig mee. Het water zit nog in mijn benen, ik *dein* een beetje, of misschien is dat de alcohol. Er dartelen twee *flapper girls* om ons heen, intens opgemaakte ogen, klokhoedjes, bopkapsels. 'De charleston!' roept de ene en tegelijkertijd beginnen ze met z'n tweetjes uitzinnig te dansen, met wild zwaaiende armen en benen en veel kniebuigingen. En ik hoor je commentaar al: dat onze tijd er eentje is zonder identiteit, dat we allemaal maar wat graaien uit de verkleedkist van het verleden, dat betekenis niet meer van belang is maar alleen nog de vorm, en ongetwijfeld laat je ook het woord postmodern vallen, en ik vond je heerlijk als je op die toon, kritisch maar altijd geamuseerd, de wereld zat te bekankeren.

Het feest heeft dus een thema maar er is geen andere reden voor het thema dan dat het cool is om jezelf een nachtje onder te dompelen in het decadente sfeertje van de jaren twintig, om je met een zekere trots onderdeel te voelen van een Lost Generation, maar wel slechts voor één avondje, want morgen of nee overmorgen moet er gewoon weer gewerkt worden.

Mistbanken van rook trekken door de kamer en vagelijk zie ik Matt staan in een hoek van de kamer. Hij heeft een van de laatste biertjes weten te bemachtigen en staat met Dave te hinniken en ik kan niet horen wat ze precies zeggen maar hun motoriek verraadt dat ze ervaringen aan het uitwisselen zijn. Wat Matt over me zegt kan me niet schelen ('Frigide wijf, man!'), dat ik hem kwijt ben zit me wél dwars. Het is mislukt.

Als de dj ook nog eens 'What a little moonlight can do' van Billie Holiday opzet moet ik de gang in hollen, ervoor op de vlucht slaan, het is precies het soort liedje waar ik nog niet tegen bestand ben. *You're in love... your heart's fluttering all day long...* Jij en ik, dansend in De Salon, dicht tegen elkaar aan, mijn voeten op de jouwe, je leidde me door de kamer.

Geen idee hoeveel tijd er verstreken is... Samen met Iglo hang ik op een tafel in de keuken. Bij de koelkast staat een plukje mensen, alle stoelen zijn naar de huiskamer verplaatst. Een jongen zit in zijn eentje een joint te roken op het aanrecht, terwijl onder hem, op de grond, twee mensen liggen te zoenen.

Ik hap een gaap naar binnen, stoot hem weer naar buiten. Op de salonboot, op de Sheherazade, heerste een sfeer van verwachting, hier op dit huisfeest lijkt een eindpunt bereikt, terwijl de nacht nog een tijdje duurt en ook de ochtend prima mogelijkheden tot feesten biedt en de middag en de avond en –

'Laten we hier niet te lang meer blijven,' zeg ik tegen Iglo.

'Hm hm.'

'Wie zit je te whatsappen?'

'Een vriendje van me. Of-ie wat pep kan langsbrengen.'

'Pep?'

'Recreatieve Geestverruimende Middelen, Henkie. Rond dit tijdstip begin ik altijd een beetje in te kakken en dat moeten we niet hebben, toch?' Hij stopt zijn telefoon weg en steekt een sigaret op. 'O ja, trouwens... Car is nu op een feest in Oost en daar is aansluitend een dikke afterparty. Dat schijnt echt superchill te worden. Zullen we daar anders heen, straks?'

'Voor mijn part nu meteen.'

'Ja, even wachten nog op de spullen. Duurt hooguit een uurtje.'

Dit type feest begint me te vervelen. Ik heb er te veel van meegemaakt.

Eén keer heb ik jou naar zo'n gelegenheid weten

mee te slepen. Wetend dat je het verschrikkelijk zou vinden. Maar ik wilde dat je mijn vrienden eens zou ontmoeten en ze waren er allemaal, Siem, Marieke, Titia, Merel, Femke... Je gedroeg je voorkomelijk, hebt zelfs gedanst. Maar toen we thuiskwamen zei je: 'Waarom noemt die Simon jou Henkie?'

'Dat is iets van lang geleden.'

'Lelijk vind ik het. Past niet bij je. Je hebt zo'n mooie naam, Hanna-dear.'

En vanaf dat moment vond ik dat ook, maar ik durfde tegen die goeie ouwe Siem niet te zeggen dat ik de bijnaam niet meer wilde horen, en nu durf ik het nog steeds niet, durf ik niet te zeggen dat het een naam is uit een ander leven, dat van vóór de oerknal. Een leven dat voorgoed voorbij is.

Voor de wc staan drie meisjes te wachten, onder wie Marieke. Dat gaat een eeuwigheid duren. Ik draai me weer om, strompel door de gang, mijn voeten slijpen over de parketvloer, rechts naast de keuken is een zijgangetje. Het is er donker. Verschillende deuren. Eerst trek ik de deur van een slaapkamer open waar een stelletje ligt te neuken. Twee maanbleke lijven lichten op in het donker. Merel en Dave. Voordat ze me kunnen zien heb ik de deur alweer gesloten. Gedempt gegiechel van de betrapte neukers. *Ooh ooh ooh, what a little moonlight can do to you...* Eentje verder: een gangkast met schoonmaakspullen. Dan eindelijk een deur met onder de klink het halve maantje dat wit is bij vrij en rood bij bezet. Als mijn ogen me niet bedriegen in het halfdonker, is het wit.

Erachter: een ruime badkamer, ligbad, aparte douchecel, alles lijkt van zwart marmer te zijn gemaakt, misschien is het nepmateriaal, maar hoe dan ook ziet het er duur uit, die vriend van Siem moet goed boeren als hij zich dit soort inrichting kan veroorloven.

Badkamers hebben altijd een achterkant-van-het-tapijt-achtige kwaliteit. Wat normaal in het verborgene blijft, toont zich hier. De mesjes waar het lijf mee onthaard wordt, de tampons die buitenshuis zo diep weggestopt het bloed binnenboord houden, de deo's en parfums en aftershaves die antisociale geuren onderdrukken, het potje nachtcrème dat de angst voor ouderdom verraadt: in een badkamer tref je het allemaal vol in het zicht aan.

Terwijl ik op de pot zit, de zoveelste plaspauze van deze nacht, denk ik aan de majestueuze badkamer van Arthur. Ook zo zwart, ook zo glimmend. De geur van zijn aftershave, zijn mannenshampoo. Die keer dat we samen in bad lagen en ik mijn hoofd onder water stak en hem in mijn mond nam, eerst nog een slappe zeeslak, al snel een hard en kloppend dier op mijn tong. Je was onder de indruk dat ik zo lang mijn adem in kon houden, probeerde me te helpen door je bekken op te stuwen zodat mijn neus boven de waterspiegel kon blijven, maar ik zei: 'Ik vind het leuk, onder water', en je liet je lijf weer zinken. Dat ik me later, op het hoogpolige tapijtje naast het bad, voor je vingerde, jij wilde kijken, zei je, en het duurde lang want ik was rozig en sloom van het badderen en af en toe boog je voorover om me nog natter te maken maar het duurde alsnog lang, ik voelde me toch lichtelijk geremd door je blik die bij wijlen van mijn kruis naar mijn gezicht ging en ik wist niet wat je zag. Later heb ik het eens in mijn eentje voor de spiegel gedaan, geprobeerd mezelf te blijven aankijken terwijl het orgasme in aantocht was, maar op het laatste moment kon ik me niet meer concentreren op mijn gezicht, sloten mijn ogen zich als vanzelf, en nu weet ik nóg niet wat jij toen hebt gezien maar na lange, lange tijd lukte het en lag ik daar te spartelen op dat tapijtje, mijn lijf afgekoeld en verhit tegelijk, terwijl jij mijn kronkelende benen voorzichtig uit elkaar hield.

Terug in de keuken. Siem is verdwenen, misschien naar de huiskamer. Ik loop de lange gang in, zie Matt staan met twee andere jongens, in de rij voor de wc, niemand lijkt op het toch niet bijster briljante idee te komen dat er in dit riante huis nóg een wc is, maar het zou kunnen dat die jongen van het feest, Jurriaan, de badkamer tot verboden terrein heeft bestempeld.

Ik leg kort mijn hand op Matts schouder ter begroeting. Hij lijkt opgelucht me weer te zien.

'Hey, Hanna...'

Wat hij aan het doen is? Hij wacht tot de wc vrijkomt. 'Er is er nog een,' zeg ik en ik pak zijn hand en trek hem mee naar die zijgang. Terwijl hij binnen is blijf ik wat voor de deur drentelen, bestudeer de fotolijstjes die daar hangen.

Als Matt weer naar buiten komt, verzucht hij dat

hij het 'not much of a party' vindt, en ik kan hem moeilijk ongelijk geven. Of ik Merel en Dave toevallig heb gezien? 'Die liggen in de slaapkamer achter die deur daar.'

'Really? Well... Zullen wij dan maar gaan dansen?'

Een guitig lachje. Ik moet nu iets doen, iets zeggen.

'Nee. Laten we in bad gaan.'

'What?'

'Ja, flesje champagne erbij, zo'n stokbrood uit de keuken, plankje met kaasjes uit de huiskamer. Als je écht lang wilt doorgaan, moet je af en toe even pas op de plaats maken, rusten zonder in slaap te vallen, iets eten... Jezelf revitaliseren.'

Hij keft een ongelovig lachje, ja, je hoort het goed, jongen.

Petje van zijn hoofd, hand door zijn haar. En dan: 'You sound like a commercial, but okay... let's do it.'

'Laat jij de kraan alvast lopen? Dan haal ik het eten en de drank.'

Als ik twee minuten later de badkamer binnen stap met mijn armen vol eten, slaat de stoom me tegen het gezicht. De kraan heeft een laf straaltje, het bad is nog amper gevuld, maar Matt is niet zuinig geweest met het schuim, dat nu binnen de wanden van het bad de hoogte in kruipt. Er staan kaarsen op de betegelde richels rondom het bad, hij heeft ze aangestoken, de elektrische verlichting gedoofd. Het is bijna romantisch, zo.

7

Opgegroeid in twee huizen zonder ligbad. De gespiegelde woningen van mama en papa kenden elk een ruime badkamer. Ze lagen tegen elkaar aan, die badkamers, een muurtje doorbreken zou voldoende zijn geweest om een compleet kuuroord of zwemparadijs te creëren, ik zeurde er vaak om, maar dat bad kwam er niet. 'Decadente onzin,' zeiden mijn ouders, in al hun verstikkende eensgezindheid. Een raadsel waarom die mensen ooit uit elkaar waren gegaan. Zeurde ik te lang door, dan disten ze de welbekende krakersmythes op. Afgesloten waterleidingen. Kranen die alleen koud uitspuwden. Je dagenlang niet kunnen wassen. Wat waren ze trots op hun zelfverkozen spartanisme, hun leven zonder praal. Irritant genoeg om in een kind een onuitroeibare gulzigheid naar ligbaden te implanteren.

Ik tel de ligbadherinneringen zoals een ander haar amoureuze veroveringen. Middelbare school, feestje bij klasgenoot in Zuid: te veel bier over, tegen de ochtend ledigden we de kratten in het bad, warm water erbij, en ik met twee van die jochies in dat pisgele, lauwe water, geen ander meisje dat het durfde, maar *ik* kon geen weerstand bieden. Het huis van oom Boudewijn in Baarn, drie weken op gepast, ik met mijn toenmalige duiveltje Michel. De achterlijke luxe van een jacuzzi, een heimelijke fles champagne ontvreemd uit ooms wijnkelder, bubbels all around. Het niervormige bad van duiveltje Roderick, de badeendjes maar ook de minder onschuldige speeltjes die hij verzameld had, uren plezier tot je de verflenste huid van je botten kon schrapen.

'Je was nog niet klaar met je verhaal,' zegt Matt, gezeten op de badrand. Af en toe steekt hij een polsende hand in het langzaam stijgende water.

Het stokbrood en de kazen stal ik uit op een snijplank en plaats die op een krukje naast het bad, zodat we er dadelijk makkelijk bij kunnen. De fles champagne die ik in mijn tas verborgen heb gehouden, staat geopend en wel klaar, twee lege wijnglazen ernaast.

Ik vertel over die ene middag, ochtend was het eigenlijk nog. Een uur of elf. *Kom hierheen, alsjeblieft. Nu.* En ik ging. Het huis aan de Amstel, ik schuchter voor de deur, jij die me ruw aan mijn bovenarm naar binnen loodste, deur dicht met een knal, mijn rug tegen de muur van de gang, je mond overal. 'Zeg iets,' kreunde ik, mijn mond vol van je tong. En daar ging je: wat je allemaal met me wilde doen, hoe je me dadelijk op zou tillen en naar je slaapkamer zou dragen, wilde ik dat? ('Ja!') Hoe je elk kledingstuk van mijn lijf zou stropen. ('Ja!') Hoe je met je vingers en je mond en je tong elke millimeter van mijn lijf wilde verkennen. ('Jaa-aa!')

'Ja op alles, als je maar tegen me blijft praten!'

Matt is een en al oor, hij slaat zijn ene been over

het andere, maar juist door die manoeuvre vestigt hij de aandacht op wat hij probeert te verhullen.

Achter de gesloten gordijnen van zijn slaapkamer juichten de geluiden van de stad ons toe, het geruis van de rivier, de waarschuwingstingeltjes van de Magere Brug die openging, fietsbellen, de versterkte stem van een gids op een rondvaartboot, en onze naakte lijven heimelijk aan de andere kant van dat gordijn, onbereikbaar voor de buitenwereld. Dat ik eigenlijk een vergadering had op de redactie, en toen ze belden waar ik bleef nam ik niet op, het voicemailbericht hoorde ik pas veel later.

En ik bleef bij hem en opnieuw kookte hij voor me en opnieuw dronken we schandalig lekkere wijn en ik bleef slapen en het was vreemd want hoewel ik me volledig ontspannen voelde, moe en verzadigd was van de seks, en slaperig van de drank, ondanks dat alles lag ik de halve nacht wakker, niet om te piekeren maar om mijn geluk te overdenken, je hebt ook een vrolijke vorm van piekeren, en halverwege die nacht werd ook Arthur wakker en hij zei tegen me dat ik moest slapen en toen nam hij me opnieuw, hij kwam over me heen, als een dak boven een huis, een overkapping, en toen gleed hij bij me naar binnen en het was donker en alles was nat van zweet, van geil, van ons.

'Zullen we erin gaan?'

Ik sta op en begin mijn zwarte bloesje open te knopen. Ook Matt komt overeind, neemt zijn petje af.

Als ik alleen nog in bh en slipje sta, en Matt alleen nog in zijn boxershorts, zeg ik tegen hem dat hij zich om moet draaien. Vlug ontdoe ik me van de laatste twee kledingstukken, tippel over de koude tegelvloer naar het bad en laat één been in de hitte zakken, en dan het volgende been en ik zak door mijn knieën tot mijn billen het schuim raken, erdoorheen, dat heerlijke gevoel dat op je blaas slaat, en dan is het warme water overal, in mijn kruis, om mijn buik, en tot halverwege mijn borsten.

'Draai je maar weer om.'

Matt heeft besloten mij te verslaan op het gebied van schaamteloosheid en schuift zonder omhaal zijn shorts naar beneden, een modaal model pik komt tevoorschijn, donkerder nog dan zijn toch al getinte huid en licht gezwollen. Ik kijk zonder gêne en hij houdt zich groot want zonder een poging tot het verbergen van zijn opwinding komt hij op het bad af, stapt erin, het water stijgt en nu zit hij tegenover me en zegt: 'Aaahhh!'

Die middag-avond-nacht in bed fluisterde ik tegen je: 'Je moet niet denken dat ik een of andere groupie ben. Of een sicko met een psychische afwijking. Dat ik al van kindsbeen af met je wil trouwen en alles in het werk heb gesteld om bij je in de buurt te komen. Een stalker. Een borderliner die gaat krijsen als je me verlaat, dat ik mijn huid zal openkerven, mijn haren uittrekken, je bedreigen en chanteren... Zo ben ik niet. Ik heb je min of meer per toeval ontmoet, en kende je stem van vroeger. Dat is alles.'

Een pakje sigaretten dat ik in de keuken gevonden heb, onbeheerd achtergelaten. Normaal rook ik niet, maar bij een bepaald alcoholpromillage in mijn bloed wordt er iets in me opgewekt wat de zin in nicotine aanzwengelt. Ik neem een paar lange, diepe trekken en voel hoe mijn hoofdhuid lijkt samen te krimpen. De eerste is altijd het vreemdst. In die joint van daarstraks zat nauwelijks tabak, nu voel ik pas weer wat nicotine met je doet.

En ik denk aan hoe jij rookte. Vol gelukzalige overgave. Tegelijkertijd was het zielig dwangmatig. Een slaaf die geniet van de stokslagen waar zijn meester hem mee straft voor ongepleegde misdaden. Ik vond je dapper dat je zo wilskrachtig had gekozen voor de dingen die genot brengen in het leven. Bourgondisch eten, drank, tabak, seks. Ik vond je laf dat je die wilskracht niet aanwendde om ervan af te blijven. Op slechte dagen klonk je hoest goor, alsof een mannetje in je binnenste borrelende winden liet in een bad met zoutzuur. Op goede dagen was het een charmant kuchje.

Matt heeft onze glazen met champagne gevuld. Nu besmeert hij een paar schijfjes stokbrood met Paturain.

'En toen?'

Toen ging mijn wereld open. Het was een gesloten wereld die openging, want wat er buiten zijn huis gebeurde telde niet meer. We sloten ons op, alleen voor werkaangelegenheden kwamen we naar buiten. Hij drie keer per week voor zijn radioprogramma, en als hij dan midden in de nacht thuiskwam lag ik op hem te wachten. Het maakte van hem een nachtmens en omdat ik er eigenlijk alleen uit hoefde voor die societyfeestjes, die zelden voor vijf uur 's middags begonnen, werd ook ik een nachtmens. Het maakte niet uit. Als we overdag al wakker waren, hielden we de gordijnen dicht.

In mijn eigen huisje aan de Bethaniëndwarsstraat kwam ik nog maar hoogst zelden, enkel om wat schone kleding te halen en de post. Slapen deed ik er niet meer.

Op sommige dagen, altijd als het kon, bleven we de hele dag in bed, kwamen er alleen uit voor een plaspauze, om een vers glas water te halen. Zo raar als het dan was, zo ondraaglijk, om die halve of hele minuut alleen in bed te liggen, in afwachting van zijn terugkeer. Pas als hij iets te eten ging bereiden, kwamen we samen uit bed, wilde ik met hem mee om naar hem te kijken, terwijl hij met messen en etenswaren in de weer was.

Als we niet vreeën las hij me voor. Hij hield van verhalen waarin onder de oppervlakte een geheime wereld leefde, en als je die verhalen opnieuw en opnieuw las, kon je ze open pellen en bij die verborgen kern terechtkomen. Hij onthulde de diepere structuren in Elsschots *Het dwaallicht* en Kellendonks *De nietsnut*, hij toonde hoe Oedipus en Orpheus telkens weer opdoken in de boeken van Harry Mulisch. Het maakte me op een lekkere manier wantrouwig: op den duur kon er geen vaartochtje meer in een verhaal voorkomen, of ik rook al een enkeltje over de Styx, één Bijbelse verwijzing was voldoende om me te laten speuren naar het Jezus-verhaal.

'Alle kunst van enige waarde,' zei Arthur, 'draait om een groot verlies. Een gapende leegte die zo onbeschrijfelijk ondraaglijk is dat je er alleen omheen kunt draaien en proberen de randen ervan met fantasie te versieren, omdat opvullen niet mogelijk is.'

Het meest genoot ik als hij me Angelsaksische literatuur voorlas. Hij beschikte over een imposant palet aan accenten, declameerde de doolhoven van Paul Auster in sappig New Yorks, wendde Oxford-Brits aan voor *Atonement* van Ian McEwan, en toverde een neutraal soort Euro-Engels uit zijn mond, met af en toe een scherp randje Russisch, tijdens de rondleidingen door de claustrofiele verhalengevangenissen van Nabokov.

Soms wilde hij ineens de deur uit, maar nooit zonder mij. Dan nam hij me mee aan zijn arm naar recepties, zelf bleef ik liever met hem thuis, in de overzichtelijke beslotenheid van zijn slaapkamer, met onze liefde had niemand iets te maken, ik wilde die niet met de wereld delen, wilde hém niet met de wereld delen, ik wilde dat onze liefde een geheim gebed was, gepreveld in het verborgene.

Op de brede, betegelde richels die het bad omgeven toont zich de invloed van Jurriaans vriendin. Schaaltjes badzout in scherpgerande brokjes van snoeproze en edelsteenblauw. Een tube conditioner van John Frieda, vochtinbrengende zepen en flesjes met essentiële oliën. Er liggen twee natuursponzen van verschillende grootte. De kaarsjes zijn vast ook haar werk, een man komt alleen op het idee ze aan te steken als ze er toch al staan.

'Fascinating,' zegt Matt. 'Iemand die je dus al je hele leven kende, al kende hij *jou* niet... en dat je vervolgens dan een relatie met hem krijgt... het heeft bijna iets incestueus.'

Ik schiet in de lach. 'Misschien heb je wel gelijk. Misschien was dat wel wat het in eerste instantie zo spannend maakte.'

'Maar wat zag je in hem, behalve die stem?'

Zijn handen. Mooie mannelijke handen, maar niet grof. Korte maar sierlijke vingers, met kleine haartjes op de kootjes.

'Je viel voor hem vanwege zijn handen?'

Ik tik tegen het wateroppervlak, spetters schieten Matts kant op, lachend houdt hij zijn handen voor zijn gezicht. Kolenschoppen, bij hem. Enge, afgevreten nagels.

'Ik moet toch ergens beginnen.'

Het is zo moeilijk te zeggen. Eerst was hij stem. Toen werd hij een nimbus van charisma, en pas toen mijn ogen aan het licht gewend raakten, begon ik de concrete delen van zijn lichaam te ontwaren, die alle op zichzelf óók weer straalden, zijn handen, zijn huid, zijn krullen van zilver en houtskool, zijn benen die hij op zo'n bedachtzame maar vastberaden manier bewoog. Nuchter gezegd: ik was zo totaal verliefd dat ik alles aan hem fantastisch vond, ook de dingen die dat misschien niet waren.

En ik genoot van zijn eruditie, zijn brede ontwikkeling die hij als een soort journalistieke plicht zag. Verbijsterd was hij over het niveau op de journalistiekopleidingen 'van tegenwoordig, ja, lach maar weer om opa, maar het is wel zo'. De boeken die hij las, waar hij uit het hoofd hele stukken uit kon citeren. Gedichten, liedteksten, de complete Matthäus-Passion kon hij meezingen.

En in alles: zijn gretigheid. Al wat het leven aan moois en lekkers had te bieden, zoog hij in zich op. En de vangst moest altijd gedeeld worden. 'Hier, dit moet je even proeven', en dan schonk hij me een glas in van een wijn die 'god een druppeltje dichterbij brengt', of hij sneed een plakje van een kostbare kaas af en schoof het tussen mijn lippen, en ik proefde en hij begon te stralen als hij aan mijn gezicht het genot kon aflezen. En als ik dan bevestigend knikte, vertelde hij me waaróm ik het lekker vond, hoe die kaas gemaakt werd en waar, en volgens welk 'nobel rottingsproces' de wijn die unieke smaak had verkregen. Zulke kennis was voor hem duizendmaal belangrijker dan wat er dag in dag uit in de krant stond.

Ik zie dat mijn opsomming Matt verveelt. Hij draait de hete kraan open om het licht afgekoelde water weer op temperatuur te brengen. Ik schep met tot kommetjes gevouwen handen wat water over mijn schouders die boven het oppervlak uitsteken.

'O, en de seks natuurlijk,' zeg ik, nonchalant alsof het om een onbelangrijk puntje gaat dat ik vergeten ben te noemen.

Matt draait de kraan weer dicht.
'De seks?'
'Ja, je weet wel. Seks.'
Hij pakt de fles champagne van de vloer naast het bad en schenkt de lege glazen, die tussen ons in drijven, opnieuw vol.
'Misschien een heel onbeschaafde vraag, hoor, maar... hoe is het om met zo'n oude man naar bed te gaan?'
Ik schiet in de lach. 'Eh, jezus, weet ik veel... niets geks aan... ik bedoel: alles deed het nog gewoon, hoor.'
Nee, dat is niet de goede uitdrukking, het is niet zo dat alles het nog *gewoon* deed, het deed het uitzonderlijk, *hij* deed het uitzonderlijk. Hij was niet verzwakt door ouderdom, integendeel. Zijn leeftijd maakte hem zo viriel als wat, krachtig en robuust zoals een oude eik dat is. Dat energieke, goed geconserveerde lichaam werd bestuurd door een nog veel energiekere geest, een geest die ook in erotisch opzicht een en al gulzigheid was, een geest die het lichaam van de ander aanbad, adoreerde, en ik mocht het geluk smaken dat ik die ander was.
Voor veel mensen is seks zoiets als weekend: je hebt er met een zekere regelmaat behoefte aan, maar het grootste deel van de tijd ben je toch met andere, schijnbaar belangrijkere dingen bezig. Zo niet voor Arthur. Voor hem was seks eerder iets als slapen: een absolute noodzakelijkheid waar je je elk etmaal minstens een paar uur aan moest overgeven, om gezond en fris te blijven. Met soms een extra dutje

ergens midden op de dag wanneer je er maar zin in had.

Matt kijkt me met samengeknepen oogjes aan. 'You like that?'

'Jij niet dan? Natuurlijk like ik dat.'

Een lichaam zijn, een levend, zwetend, hijgend, kronkelend, kreunend, klaarkomend lichaam zijn en niets anders dan dat – bestaat er iets beters? Wat is 'je ongelukkig voelen'? Je ongelukkig voelen is: nadenken, peinzen, twijfelen, tobben. Je ongelukkig voelen is: een hoofd zijn, een hoofd vol problemen, een hoofd dat in het bijbehorende lichaam een jeukje waarneemt en niet kan ophouden over dat jeukje na te denken, zelfs als eraan gekrabd is blijft het in het hoofd rondspoken.

Geluk is: het vergeten van al die onzin omdat je veel te geil bent om na te denken.

We waren niet te stoppen. We deden het meteen als een van ons na afwezigheid thuiskwam. Daarna aten we wat, en dan deden we het opnieuw bij wijze van toetje. In bed keken we samen wat tv of een dvdtje en als er zich op het scherm ook maar iets licht erotisch voltrok, gingen onze handen op zoek naar warme vochtige plekken en lagen we minuten later alweer te neuken. Soms werden we midden in de nacht wakker, allebei met zin, en dan deden we het, half dromend, en vielen na afloop meteen weer in slaap. Bij het ontwaken voelde ik of hij een ochtenderectie had en als dat zo was draaide ik hem op zijn rug en hij kreunde in zijn slaap, de protestkreun van iemand die tegen zijn zin gewekt wordt, maar als ik dan op hem ging zitten en mijn kut, nog nat van zijn nachtelijke zaad, over hem heen schoof, veranderde de klank van de kreun, van tegenzin naar gelukzaligheid. Na het ontbijt douchten we samen en deden het onder de douche. En zo ging het maar door.

'Dus kwantiteit is kwaliteit?'

Matt trekt een kop alsof hij me tuk heeft, alsof hij wil zeggen: geef nou maar toe, je bent gewoon een vette nymfo, en ik weet niet waarom je zo moeilijk doet, maar we liggen samen in bad terwijl je me eerst niet eens wilde zoenen, dus *cut the crap* en doe je benen wijd.

Met een schuine blik op mij neemt hij een slok van zijn champagne.

'Speel jij een instrument?' zeg ik.

'Come again?'

'Een muziekinstrument? Want zo werkt het bij het bespelen van een muziekinstrument, right? Als je één keer per week oefent op die piano, kun je nog zoveel talent hebben – je wordt nooit een Glenn Gould. Talent is: de obsessie. Het verlangen om zo veel mogelijk, liefst *al* je tijd, te spenderen aan datgene waar je zo gepassioneerd over bent. En omdat je dat talent voor obsessie hebt, ga je het ook daadwerkelijk doen, gá je inderdaad elke dag oefenen, uren achtereen, net zo lang en zo vaak tot de vellen van je vingers hangen. Zo ook met seks. Je kunt alleen een goede minnaar worden als je obsessief veel oefent.'

Licht geschrokken kijkt hij mij aan. Ja, nu sta je op het punt door de mand te vallen, hè Matt. Nu denk je dat ik een expert ben, en als ik je de kans geef met me naar bed te gaan, zal ik je onmiddellijk herkennen als amateur. Een talentloze.

'Hmmm...'

Het schuim wordt dunner, dadelijk kan hij mijn borsten voluit zien, het maakt me niet meer uit, die jongen verdient af en toe een beloning, als hij tenminste maar blijft luisteren. En het voelt lekker om een man in mijn nabijheid te hebben, een naakte man die me zichtbaar begeert en nu ook een beetje bang voor me is. Ik heb mijn benen tegen elkaar aan, naar rechts gebogen, de zijne bevinden zich links, eveneens tegen elkaar aan, ik kan niet zien wat zich daartussen afspeelt.

'En eh... hoe uitte zich dan precies zijn erotische deskundigheid?'

Dit is hoe ik het wil. Niet hoeven leuren met mijn zielige verhaaltje, maar dat ze aan mijn lippen hangen, de mensen. Dat ze smeken: vertel verder, alsjeblieft.

De deskundige weet te schakelen, kent verschillende versnellingen. Weet dat je soms traag moet zijn, tergend traag, urenlang zoenen en strelen en een kledingstukje uit en nog eentje en zelfs als alles uit is nog niet meteen op en neer, maar strelen, likken, je tong om een tepel, je tong over mijn buik, je tong langs de binnenkant van mijn dijen tot het bijna kietelt maar net niet, je tong die omtrekkende bewegingen maakt en dan toeslaat, het ene warm-natte orgaan tegen het andere.

Soms juist: niets van dat al. Wreed de kleren van

mijn lijf rukken, je pik bevochtigen met spuug omdat ik nog niet nat genoeg ben, ja, hem naar binnen stoten en als een dolle op je eigen orgasme af razen, ik kom straks wel, wees gerust, jouw opwinding windt mij op, jouw klaarkomen het grootste genot dat ik kan bedenken, die warme gloed die zich dan binnen in me verspreidt, het gevoel van hete thee in je slokdarm.

Zijn geslacht bood in slappe toestand een wat vermoeide aanblik, een enigszins kromgetrokken oude man, de haren grijs, de huid gelooid. Onschuldig. Maar ik hoefde er maar een strelende vinger langs te halen, of de bejaarde transformeerde in een onvermoeibare jongeling.

'You know what I used to call his dick?'

Matt trekt één wenkbrauw op.

'Excalibur.'

Hij lacht een wat zurig lachje.

Jij zei: 'Liefdesscepter zou hij heten in het jargon van de Bouquetreeks.'

En ik: 'Wrede tiran, heers dan maar over mij met je Liefdesscepter. Laat mijn Vochtige Grot jouw paleis zijn.'

En jij, lachend: 'Laat mijn Dolk van Lust een schede vinden in jouw Trechter des Levens.'

Hij deed het graag in lepelhouding. Zijn buik tegen mijn billen, zijn kin op mijn schouder, en ik die mijn gezicht opzij wendde en hem zo, zijdelings, kon zoenen. Zijn handen overal, buik benen borsten twee vingers in mijn mond gedoopt dan snel omlaag om daar tussen mijn benen het gejaagde ritme voort te zetten dat het dubbele was van het zijne. Ook ik hield van die houding, hoe zijn hele lichaam het mijne omvatte als een warme mantel, hoe zijn gezicht zich naast dat van mij bevond in plaats van tegenover me. Samen keken we de wereld in, vanuit hetzelfde perspectief, al hadden we beiden onze ogen gesloten. 'Zullen we Siamese Tweeling spelen?' – zo kondigde hij het lepelen aan.

Na het vrijen kon hij mij urenlang strelen, net zo lang tot mijn huid tintelde, geen onderdeel meer van mijn lichaam leek uit te maken, maar iets externs werd. En hij zei: 'Dat ongelofelijk prachtig mooie jonge lijf van jou... Als ik de rest van mijn leven mocht doorbrengen met enkel je huid te strelen, zou ik perfect gelukkig zijn.'

Het gloeide, dat lijf van mij, gloeide onder zijn bewondering en zoete woorden. Zijn kijken naar mij transformeerde mijn eigen blik, alles wat er niet perfect aan me was begon onzichtbaar te worden, ik begon te houden van mijn lichaam omdat het in staat was hem tot zulke lyriek te inspireren, omdat het in staat was hem van mij te laten houden.

Van een niet-onaantrekkelijk maar toch alledaags meisje werd ik onder jouw bewonderende ogen een prinses. Ook wanneer ik zelf in de spiegel keek, zag ik niet langer dat wat me tegenstond, ik zag alleen nog de schoonheid van hevig geluk dat van elke cel in dat gezicht in de spiegel spatte.

'Wat nog meer?' vraagt Matt.

Ik vertel hem over het ligbad. Onder water. Het vingeren op de badkamervloer.

Ik vertel hem over Arthurs tong.

Ik vertel hem hoe we eens een pornofilm keken op het tv'tje aan het voeteneinde van het bed. Dat ik op handen en knieën zat, mijn gezicht naar het scherm, en Arthur achter mij, zodat we allebei konden kijken terwijl hij me achterlangs neukte. 'Ik vind ons eigenlijk geiler om te zien,' zei hij na afloop.

Ik vertel over de foto's die we een keer van elkaar maakten met zijn digitale camera, en hoe we die een paar uur later op zijn laptop bekeken. Sommige blurry vanwege ons hevige bewegen, een rug, een borst, gezichten met open monden, de wangen rood aangelopen van verhitting. Sommige foto's waren pornografisch scherp: zijn pik in mij, ons roze en bruine vlees, glinsterend van geil.

'Wat nog meer?'

Hoe eindeloos energiek je meestal ook was – soms liet de wildebras zich overmeesteren. Dan liet je je achterover in de kussens vallen met een luid uitgestoten ademtocht, en je hield je lijf slap, alleen je pik stak hard in mij, ik zat stevig in het zadel, in overgave spreidde jij je armen, jezus, dat ik toen nooit heb gedacht: hij is dood, want de enige beweging die je vertoonde was de beweging die *ik* in je stootte, maar als ik mezelf dan naar een hoogtepunt had toe gegaloppeerd, opende je altijd weer je ogen en zei je: 'Nu ik', waarna je me met een wilde zwaai op mijn rug wentelde en me bestormde met een geestdrift die deed vermoeden dat je tijdelijke dood van daarnet slechts bedoeld was om nieuwe krachten te verzamelen.

'Je verhalen winden me op, weet je dat?'

O ja?

Nu pas word ik me bewust van de hand die over mijn been glijdt. Nee, Matt, dit wil ik niet. En tegelijkertijd wil ik het wél. Dat onnozele lijf van mij *wil*. Het reageert op elke hand als ik maar fantaseer dat die hand van Arthur is.

Ik sluit mijn ogen en denk aan hem.

Via mijn heupen zwemmen zijn handen naar mijn borsten, vingers omcirkelen de tepels, die zacht zijn van de ontspannen warmte maar niet onberoerd blijven onder zijn aanrakingen.

Nu laat Matt zijn handen via mijn buik naar mijn dijen stromen en het is maar heel subtiel en toch voel ik het: hoe hij een lichte druk uitoefent om ze uit elkaar te duwen, bijna onmerkbaar en als hij doorheeft dat ik niet meegeef laat hij zijn handen soepeltjes verder glijden richting knieën, maar hij heeft het wel degelijk geprobeerd en pas daardoor word ik me werkelijk bewust van ik aan het doen ben, wat ik láát gebeuren. Ik leg mijn hand op de zijne, houd hem tegen.

'Ik denk dat ik wel klaar ben met in bad liggen.'

8

Hier eindigt de gewichtloosheid. Met mijn handen op de randen van het bad hijs ik mezelf op, en als er meer lijf boven dan onder water is, treedt de zwaarte in, dubbel zo hevig omdat ik meteen ook het uur van de nacht voel, het vele drinken.

Verbaasd, misschien wel gekwetst staart Matt me aan, maar desondanks flitsen zijn ogen vluchtig naar mijn kruis dat zich nu ter hoogte van zijn gezicht bevindt. Ik draai me een kwartslag om en stap uit bad. Er hangen grote handdoeken over een rekje, vast al gebruikt door de officiële bewoners, maar dat kan me niet schelen. Ik pak er een, wikkel hem om me heen, zet het uiteinde vast onder mijn linkeroksel. Van mijn opgestoken haar zijn alleen een paar plukjes achter in mijn nek nat geworden.

Matt zit nog steeds in dezelfde houding en staart me aan. Zijn mondhoeken iets omlaag getrokken, een bittere, minachtende uitdrukking. Heb ik de macho-Latino te hard op zijn pik getrapt?

'Het spijt me,' zeg ik.

'It's okay.' Hij beweegt een klein stukje naar voren, steekt zijn rechterarm achter zich in het water, het ploppende geluid van de stop, en daarna de klanken van water dat wegstroomt. Ook Matt komt overeind, hij kreunt er moeizaam bij. Ik reik hem een handdoek aan, hij droogt zich af. Ik bestudeer mijn gezicht in de spiegel boven de wastafel. Rozige wangen, verhit van het hete water, mijn eigen verhalen, de champagne.

'Tell me,' zegt Matt, die zijn handdoek om zijn middel heeft geknoopt. Hij is op de rand van het bad gaan zitten, peutert een sigaret uit het pakje. 'What happened to your great love? How did he die?'

Ik zucht. Als dit zijn wraak is, dan heeft hij goed gemikt, want dit is het moeilijkste gedeelte. En toch zal ik het moeten vertellen. Elk verhaal heeft een einde nodig.

Ik ga naast hem zitten en zeg: 'Doe mij ook nog maar een sigaret.' Hij houdt me het opengeklapte pakje voor. Concentreren. Ik kan het, zeg ik in gedachten tegen mezelf, ik kan dit.

Getinkel achter ons: de voetjes van onze glazen hebben de bodem van de kuip bereikt. Ik draai me om en weet ze eruit te vissen voordat ze omkiepeτen.

'Let's finish that bottle,' zeg ik.

Een week eerder hadden we zijn negenenzestigste verjaardag gevierd. Hoewel ik zelf nooit een probleem had gemaakt van ons leeftijdsverschil, moest ik nu toegeven: negenenzestig was bijna zeventig, en zeventig was een schokkend getal.

Zelf was hij er laconiek onder. 'Denk ik aan mijn vader op zijn negenenzestigste, dan zie ik een hoogbejaarde man voor me,' zei hij in een toespraakje, tijdens het verjaardagsetentje dat hij voor een kleine groep vrienden gaf in zijn huis, in De Salon. Drie dagen lang had hij in de keuken staan ploeteren, tientallen gerechten. Ik had aangeboden hem te helpen, maar daar wilde hij niets van weten. 'Kijk jij maar. Dat vind je leuk, toch?'

Zijn toespraak ging verder: 'Of ik denk aan mijn opa. Ik was vijftien toen hij stierf, hijzelf was drieënzestig. Drieënzestig. Geen mens zou dat vandaag nog accepteren als stervensleeftijd, tenzij je de domme pech hebt door een ongeneeslijke aandoening getroffen te worden. Anders moet het minstens tachtig zijn, en het zal niet heel veel jaar meer duren voordat honderd als een absoluut minimum wordt gezien. Zo bekeken heb ik nog een aanzienlijk deel van mijn leven voor me.'

Mis. Zeven dagen later was hij dood.

Het kwam niet onaangekondigd. Een week of vijf, zes eerder voelde hij zich 's ochtends niet goed. Kramp in zijn borst. De ambulance, het Onze Lieve Vrouwe Gasthuis. Bloedonderzoeken, observatie. Drie dagen hielden ze hem vast, voor het eerst zag ik, tijdens mijn bezoekjes, een oude man, een verzwakte man. Ik bezocht hem meermalen per dag, de afdeling hartbewaking hanteerde soepele bezoekuren, en dan bleef ik zolang als hij kon verdragen. De tranen kwamen als ik alleen terugkeerde in zijn huis, en 's nachts in bed.

'Vernauwing in de kransslagader' luidde het oordeel van de artsen. Dotteren bleek niet noodzakelijk, het probleem kon met medicijnen aangepakt worden. Op de derde dag dat ik hem in het ziekenhuis kwam bezoeken, bleek bij mijn aankomst dat ze hem naar huis hadden gestuurd. De batterij van mijn iPhone was leeg geweest, hij had me niet kunnen bereiken, en had toen maar besloten een taxi te nemen. De dode was opgestaan uit zijn tijdelijke graf. 'Zelfs de dood krijgt mij niet klein,' grapte hij toen ik hem thuis aantrof. Maar ik zag aan zijn ogen dat hij hevig geschrokken was, bang was voor hoe het verder zou gaan.

Negenenzestig jaar en één week. Hij was inmiddels aardig hersteld, al had hij last van de bijwerkingen van de medicijnen. Hij, de energieke, was energieloos, lusteloos, apathisch. Verloor zijn plezier in het koken, deed het alleen nog voor mij. 'Dat hoeft niet. Ik kan ook koken. Of we laten iets bezorgen. Of we gaan uit eten.'

'Ga nou maar zitten, ik doe het graag.'

Ook de seks werd minder. Maar ik was bereid alles te accepteren, geloofde er heilig in dat die periode van apathie wel weer voorbij zou gaan, in het ziekenhuis had men gewaarschuwd voor de psychische gevolgen van zo'n gebeurtenis, de confrontatie met de eigen sterfelijkheid, en dan die medicijnen... Ik wilde hem vertroetelen.

Op een avond sleepte ik hem mee naar de slaapkamer en gaf hem een uitgebreide massage. Excalibur werd wakker, Arthur draaide zich op zijn rug en trok me over zich heen en we neukten wild, wilder dan we in weken gedaan hadden. Hij rolde me op mijn rug en torende boven me uit, de goede oude missionarishouding: hij hield van seks op de manier waarop hij van eten hield: het mocht eenvoudig zijn, als de kwaliteit van de ingrediënten maar goed was. Wij waren goede ingrediënten voor elkaar.

'En toen – '

Al die tijd met Matt heb ik Arthur opnieuw doen leven en nu ik op dit punt ben aanbeland moet ik hem opnieuw laten sterven.

'Then what?'

Wil je het weten, Matt, wil je het echt weten?

'Hij stierf while we we're making love.'

'Holy mother of Jesus.'

Ja.

'That's terrible.'

Ja.

We zuchten, we zwijgen. Nog maar een peuk. De champagne is op. We roken in stilte. Ik klem mijn sigaret in het uitsparinkje van de asbak en zoek mijn kleren bij elkaar. Laat de handdoek van me af vallen, trek mijn ondergoed aan. Matt doet hetzelfde.

Het verhaal is ten einde, het effect stelt teleur. Wat ik had verwacht, geen idee, maar niet dit, niet deze anticlimax. Matt is per direct onbruikbaar voor me geworden. Ik moet me van hem zien te ontdoen en iemand anders vinden als publiek. Iemand bij wie ik weer van voren af aan kan beginnen.

Geen tranen. Dat verbaast me misschien nog wel het meest. Alsof ik het zelf nog steeds niet kan geloven, nu ik het expliciet heb verteld, ik kan het niet geloven en daarom is het niet waar, is het niet gebeurd. Zou Matt het geloven? Of denkt hij: wat een freakverhaal, dat wijf is krankzinnig?

Die avond. Jouw dood. De stilte die intrad nadat je met luid gekreun was klaargekomen, maar het was geen kreun van genot, maar eentje van doodsnood. Ik had het niet door, pas toen je bewegingloos boven op me bleef liggen. De stilte. Het ontbreken van je ademhaling, je stem, de woorden die je anders tegen me fluisterde als het voorbij was.

Ik duwde je van me af. Je, zeg ik, maar jij was het al niet meer. Ik duwde het zwaar geworden en ont-Arthurde lichaam van mij af. Ik was alleen, alleen met een dode. Een mooi lichaam was het, dood of niet, maar een lichaam zonder jou.

'Do you believe in life after death?'

Krijgen we dat.

Ik schud mijn hoofd. We zijn inmiddels allebei aangekleed, ik heb het warm in dit dampende hok, het is zaak hier zo snel mogelijk weg te komen. En Matt kwijt te raken. Maar hoe?

'Nee, daar geloof ik niet in. Het enige wat in de buurt komt is hoe de dode voortleeft in de herinneringen en verhalen van de levenden. Maar dat is eigenlijk geen voortleven, maar voortsterven, want nu ik jou dit verhaal heb verteld, heb ik Arthur opnieuw de gruwel moeten laten doormaken van het sterven. Elke keer dat ik over hem zal vertellen in de toekomst, zal mijn verhaal uiteindelijk naar zijn dood leiden. Tenzij ik elke keer een ander einde verzin, maar dat is onzin natuurlijk. De waarheid blijft: dit gruweleinde. Zijn einde zal altijd blijven terugkomen en zijn einde is: hels. Ik wil hem daar niet telkens doorheen laten gaan.'

'Hij merkt dat toch niet meer?'

'Nee, maar *ik* moet steeds denken aan hoe het voor *hem* is geweest.'

'Ja, maar... Don't get me wrong here, want het is heel erg dat hij dood is, maar... van alle manieren om te gaan, is dit... Ik bedoel, isn't that something we all hope for: to die like that, in the middle of the best thing you can do in life? In a way, it must be fucking awesome.'

De klamme hitte begint drukkend te worden. Ik boer wat zuur op dat naar Paturain smaakt. Slik het weer door. Hap naar lucht.

Nee, Matt, dit is nu eens iets wat *niet* awesome is. Maar dat denken alle mannen natuurlijk. Dat het fucking awesome is om te sterven terwijl je een lekker jong chickie ligt te pompen. Dat je voor de laatste keer klaarkomt en tak! Bye-bye, world.

Maar heb je er wel eens over nagedacht hoe het voor de ander is? Zo lig je nog te vrijen met een mens, een levend, ademend, beweeglijk wezen – en van het ene op het andere moment ben je ongewild veranderd in een necrofiel. Ik gun het Arthur dat hij op die manier heeft mogen gaan, maar ik weet zeker dat als hij de keuze had gehad, hij mij dat niet aan zou hebben willen doen.

Het gebeurt in een impuls: ik schuif mijn onderbroek en panty opnieuw naar beneden, til mijn rokje met één hand op en wijs met de andere naar mijn kruis. 'Weet je wat hierin moet, Matt? Leven. Er gaat leven in, er komt leven uit. Daar is een kut voor gemaakt. Niet om opeens de dood in je te hebben steken. Jij kijkt er misschien begerig naar, maar ik heb dit ding gehaat, snap je dat? Voor mij is het een grafkelder, een vernietigingskamp, en ik ben daar nu wel overheen na al die maanden, ik weet ook wel dat mijn kut geen schuld heeft aan wat er is gebeurd, en ik weet ook dat ik er ooit wel weer een man in zal toelaten, maar niet eentje die denkt dat het fucking awesome is om in mij te sterven. Daar zijn vrouwen niet voor gemaakt, asshole.'

In de huiskamer vind ik Siem. Hij zit met drie onbekenden in een kringetje op de grond. Tussen hen in ligt een spiegeltje met daarop nog twee onaangeroerde lijntjes coke. Ernaast: een opgerold briefje van vijftig.

'Spul geleverd?' zeg ik.

'Yo, Henkie! What's up?'

'Zullen we gaan? Ik ben hier wel klaar.'

'Wow, doe effe chill. Je lijkt Car wel. Die zit me de hele tijd te whatsappen waar we blijven.'

'Ik ben beneden, bij de boot.' En zonder verder iets te zeggen ('Henkie!' hoor ik nog achter me) loop ik de kamer uit. In de gang staat een jongen het decolleté van Marieke te fotograferen. Alsof dat nodig is, dikt ze haar tieten nog wat extra aan door ze met haar handen op te stuwen.

'We gaan,' fluister ik in haar oor.

'Wat? Het begint hier net leuk te worden.'

'Neem die gast anders mee naar de after,' zeg ik.

Vis mijn jas van de grond. Als ik de deur achter me wil dichttrekken, staat Matt daar ineens.

'Hanna, I'm sorry, I...'

'Hoeft niet. Maar één ding. Jij gaat niet mee op de boot. Het huis van Merel en Femke is hier niet ver vandaan, je kunt het lopen als je geen zin meer hebt in dit feest. Maar ik wil je er niet meer bij hebben, op de boot.'

En ik trek de deur dicht. Weg uit dit huis, dat een sterfhuis is geworden.

Buiten, in de koude nacht, voel ik de champagne rondklotsen onder mijn hersenpan. Ik haal het pakje sigaretten uit mijn tas, er zit er nog eentje in, ik steek op. Te droge mond om te roken, maar ik rook door. Bij de boot aangekomen, om de hoek op de Lijnbaansgracht, blijf ik staan, vlak bij de rand van het water. Erin springen, bevangen worden door de kou, verdrinken. Hoe lang zou het duren voor de anderen hier zijn? Toch zeker tien minuten, afscheid nemen, jassen pakken.

Maar het mag niet. Ik moet verder. Ik ben nog niet klaar met jou, mijn koning.

OCHTEND

...I had to tell her then or I'd never have another chance, I just said, Before you go to sleep, I have to tell you before you go to sleep that I love you, and immediately, right away after, she said, I love you too, and it sounded to me as if she didn't mean it, a little flat, but then it usually sounds a little flat when someone says, I love you too, because they're just saying it back even if they do mean it, and the problem is that I'll never know if she meant it or not, but there's no way to know now, and I'm sorry I did that, it was a trap, because if she hadn't said anything at all I know that would have hurt too...

– Lydia Davis, *Break it down*

I

De Sheherazade ronkt onvermoeibaar voort over de buitenste jaarring van het grachtengordelsysteem, de Singelgracht. Ik sta voor in de boot, naast Iglo, die in een opperbest humeur is, zijn vermoeidheid weggesnoven met poeder dat het tegengestelde effect bewerkstelligt van het zand dat Klaas Vaak de kindertjes toestrooit. Hij praat honderduit, Siem. Af en toe onderbreekt hij zijn woordenstroom om aan te geven dat de kade langs de gracht vanaf dit punt een andere naam heeft, overgangen die me vrij willekeurig toeschijnen, zoals het hele stadsplan van Amsterdam niet door logica maar door de duistere motieven van toevallige ambtenaren lijkt bepaald. 'Zo, en dan varen we vanaf nu langs de Stadhouderskade...'

De boot ronkt, het is een rustgevend geluid dat de gedachten laat vloeien maar ook slaperig maakt. De muziek is van 'dansbaar' op 'luisterbaar' overgegaan, een Ierse zanger speelt melancholieke pianonoten en zingt: '...but do you really feel alive without me?'

Ik kijk achter me. Ons gezelschap is uitgedund doordat we Merel en Femke en hun twee Amerikanen hebben achtergelaten op de Rozengracht, maar zoals de cast van een langlopende soapserie telkens verfrist wordt met nieuwe houten klazen om hen die 'eruit geschreven' zijn te vervangen, zo is ook in ons cluppie het oude bloed vervangen door nieuw bloed: een vriendin van Tiets, toevallig of niet tegengekomen op het feest. De fotograaf van Mariekes boezem. Twee van Siems coke-vriendjes. Volgens Siem was Femke woedend dat we zonder Merel, Matt en Dave wilden vertrekken. 'Dan hoef ik ook niet mee.' Misschien zie ik ze later vandaag nog terug, ergens in de stad. Dan leg ik het wel uit. Ik verzin wel iets. Dat die Matt me probeerde aan te randen of zo.

'Als wij gaan trouwen, hè,' zegt Siem, 'weet je wat we dan doen? Dan neem jij niet mijn *achternaam* over, maar dan neem ik jouw *voornaam* over. En dan zijn we Henkie & Henkie. Klinkt geniaal, toch?'

Ik schiet in de lach, meer als beleefdheidsreflex dan dat ik het echt grappig vind wat hij zegt. Zou Car weten dat hij altijd zo schaamteloos met me flirt?

De tocht duurt lang, de omgeving is niet verschrikkelijk boeiend. Siem begint een verhaal over een groep toeristen die hij onlangs aan boord had, 'miljonairs, niet normaal meer', mijn gedachten dwalen af. Het gesprek met Matt. De euforie van de seksherinneringen die ik hem vertelde. Daarna teruggeworpen in de ellende van het verlies. Ze zijn terug, de maanden van verdriet, het immense verdriet.

Dat ik zat te hyperventileren van het huilen, soms tot kokhalzens toe.

Voor iemand die er zo aan toe was, deed ik gevaarlijk werk. De wekelijkse societyfeestjes met hun gratis drank, het Gooische Matras-sfeertje. Nooit eerder was ik met zoveel verschillende mannen in zo'n korte tijd in bed beland. Zelfs een keer een gore ziekte opgelopen. Katers zo erg dat ik een paar keer midden op straat flauwviel. Thuis ging het drinken gewoon door. Caipiriña's waren favoriet, het bereiden gaf me rust, het vermorzelen van ijs, de munt verleende een zweem van geneeskrachtigheid aan het drankje, of dat maakte ik mezelf in ieder geval wijs. En als die zoetigheid me te veel werd, haalde ik een paar flessen wijn of wat six-packjes bier.

Het enige wat ik niet aan durfde te raken was de fles Liquor 43, een drankje dat ik hem wel eens gevraagd had voor me te bestellen, hij had het mee terug van de bar gebracht met een vies gezicht, sniffelend aan het zoete amandelaroma, 'Dat je die troep wegkrijgt,' had hij gezegd, maar toen we vierden dat we drie maanden samen waren, had hij er een fles van meegebracht. En nu kon ik die fles niet aanbreken, een van de weinige objecten die ik van hem bezat. Toch, toen de caipiriña's me weer eens de strot uit kwamen, heb ik hem na veel twijfel en uitstel geopend en leeggedronken, in één avond, walgend op het eind, net zo lang tot ik helemaal versuikerd en doodziek was. Er zat nog een randje in de fles dat ik de volgende dag door de wc spoelde, de fles ging naar de glasbak, en ik dook de lappenmand in.

Iglo graait M&M's uit een kommetje, knikkert ze in zijn mond, houdt mij het kommetje voor. Ik bedank. Na zoveel alcohol is chocolade eten vragen om kotsen. Een feest, ooit, lang geleden: alle drank was op. Ik trok kastdeuren open in de keuken, nergens drank, wel een pak hagelslag, iets wat ik naar binnen kon gieten, hoofd in de nek, schenktuit van de verpakking aan mijn mond. Een halfuur later kwamen de korrels er weer uit, half gesmolten maar min of meer intact. Weinig levenslessen zo krachtig als die onderwezen zijn door een braakpartij.

De keer dat ik een reclamespotje op tv had gezien voor kant-en-klare chocoladefondue. Op een middag kocht hij het spul voor me, ik maakte het klaar in een steelpannetje. Toen ik het op de eettafel wilde neerzetten, struikelde ik. Het pannetje kletterde op de grond, de inhoud klotste over zijn mooie mosgroene brogues. Liep uit op een vrijpartij. We likten de chocolade van elkaars kleding, van elkaars lichaam. Een paar uur later zag hij zijn schoenen, de chocolade was hard geworden, diep in de suède getrokken. 'Ik maak ze wel schoon,' zei ik, maar hij zei: 'Die zijn niet meer te redden.' Op veel te kleine slippers van mij ging hij de straat op, kocht om de hoek in de Nieuwe Hoogstraat een nieuw paar schoenen, en ging naar huis. De chocoladebrogues bleven bij mij thuis staan.

'Hier,' zegt Siem. 'Hier knap je van op.'

Hij houdt me een pilletje voor, zegt dat het xtc is. Ik was een jaar of twintig toen ik dat spul voor het eerst en meteen voor het laatst probeerde. Volgens Marieke heb ik toen op één avond met zeven verschillende jongens staan tongzoenen. Hoeveel zou Siem er op zak hebben? Hoeveel van die pilletjes moet je slikken om dodelijke schade aan te richten?

Wat kan het ook schelen, deze nacht. Of is het al ochtend?

Ik stop het pilletje in mijn mond en spoel het weg met champagne.

Na een paar maanden ging het echt niet meer, al dat gezuip. Ik moest me ziekmelden om te overleven. Geen feestjes meer.

M'n ouders kregen er lucht van. Of ik niet eens hulp moest gaan zoeken. Zij wilden wel betalen. Ik luisterde veel naar de opgewekte zelfmoordmuziek van Eels. In het nummer 'Agony' zong hij: 'Yeah, they're always so quick to tell you / just how to get on with it'. Ik had verdriet, een verlammend verdriet, en dat kwam de economie niet ten goede, ik moest mentaal opgelapt worden en liefst zo snel mogelijk. In mijn hoofd stak ik ettelijke middelvingers op naar al wie zelf te lui was om met me te praten en me in plaats daarvan vroeg of ik niet eens 'professionele hulp' moest zoeken.

Mijn ouders en hun maatschappijkritische houding. Hoe vaak had ik ze niet horen kankeren op hoe we in ons land met ziekte omgingen? 'Gezondheidszorg en economie hebben in het Westen een duivelspact gesloten: de economie houdt niet van zieke werknemers, de gezondheidszorg is er dol op: de farmaceutische industrie heeft namelijk loeihard belang bij zo veel mogelijk diagnoses. Hoe meer diagnoses, hoe meer medicijnen ze kunnen verkopen, hoe meer medicijnen, hoe sneller de werknemertjes weer beter zijn, en dat is weer goed voor de economie. Voilà, noem me cynisch, maar zo zie ik het.'

Applaus, pap.

'Onze maatschappij lijdt aan psychische smetvrees. Alles wat afwijkt van onbekommerde, nihilistische kooplust beschouwen we als ziek gedrag. En iemand die daar last van heeft moet meteen naar de psychiater. Zelf een moeilijke periode verwerken, een keertje nádenken over je eigen leven – dat is er allemaal niet meer bij.'

Gefeliciteerd, mam, alwéér gelijk.

Maar als dochterlief haar liefdesverdriet serieus neemt, moet er zo gauw mogelijk worden ingegrepen.

Pas toen Het Opperhoofd van de krant ook op die toer ging, ben ik gezwicht.

Van de huisarts kreeg ik een brochure met namen en telefoonnummers + uitlegtekstjes over de aanpak van de betreffende psych. Kijk, dat had die liberale markteconomie waar mijn ouders zo'n hekel aan hadden, dan toch maar mooi voor elkaar: keuzevrijheid voor de patiënt. Je moest er toch niet aan denken dat je een of andere figuur opgedrongen kreeg die je niet zag zitten?

Ik maakte een selectie van al wat zich niet te dicht bij mijn huis in de buurt bevond: ik moest zo'n vent niet in mijn nabijheid hebben. Vent, ja, dat wist ik alvast zeker. In godsnaam geen vrouw. En geen belachelijke namen. En wél een goede stem. Dat waren de vereisten.

Ik belde ze een voor een. 'Spreek ik met dr. [...]?' En als de stem die antwoord gaf me niet beviel, verbrak ik zonder verdere plichtplegingen de verbinding en draaide het volgende nummer op de lijst. Al te begripvolle stemmen vielen af. Zalvende stem als van een evangelist? *klik* Het ongeschonden keelgeluid van een onervaren jonkie? Hoorn op de haak.

Nummertje twaalf was ene dr. Marc Roggeveen. Een krachtige, voedzame naam die me meteen aansprak, en toen hoorde ik zijn stem door de telefoon.

2

Het is donker en verlaten op de Cruquiusweg. Vanaf de plek waar we hebben aangemeerd is het nog een eindje lopen naar de locatie van het feest. We passeren een autoshowroom, we passeren hoge loodsen, met hekken afgezette terreinen waar vrachtwagens geparkeerd staan. Verboden toegang voor onbevoegden. Onze voetstappen het enige geluid in de koude nacht, tot we in de verte gedempt, ritmisch gebonk horen.

Er staat een niet al te lange rij voor de ingang van de oude loods, een oncharmant bouwwerk, bekleed met donker golfplaat. We sluiten aan. Telkens wanneer de portier de deur opent om een klein groepje bezoekers binnen te laten, waait ons een vlaag van de dreunende techno die binnen speelt tegemoet. Iglo bespreekt met zijn snuifmaatjes de laatste trends op techno-gebied, Marieke staat te foezelen met de tietenfotograaf, die zijn camera opgeborgen heeft en zijn ogen gesloten. Tiets leunt tegen mij aan en jammert dat ze zo fucking moe is. Naast de deur hangen affiches van het feest: tegen een donkerblauwe achtergrond priemen twee enorme oranje fallussen in de lucht, de eikels raken elkaar op het hoogste punt en vormen aldus een poort, waaronder oranje silhouetjes van dansende mensen te zien zijn. 'Dis

& Co', staat eronder en daar weer onder: 'W-A to the Max'.

Het moet koud zijn, misschien vriest het zelfs, maar ik voel er niets van. Wel voel ik dat ik naar de wc moet, en dat ik honger heb, en dorst. Meer stokbrood moeten eten, in dat bad met Matt. Een grondlaag om de alcohol over uit te schenken, zodat die niet meteen doorlekt naar de blaas.

Er zijn nog kaarten. 'Zoveel feesten, vanavond, dan wordt de spoeling dun,' zegt Iglo. We mogen naar binnen. We geven onze jassen af bij een geïmproviseerde garderobe, een meisje dat haar gezicht met glitters besprenkeld heeft, verstrekt de nummertjes.

In de zaal klinken harde beats en monotone bassen, waar ik weinig disco in kan ontdekken. Batterijen aan schijnwerpers doorklieven de duisternis van de hal, voornamelijk blauw licht, met hier en daar een lijntje oranjeachtig geel. Boven een podium waarop de meest extraverte bezoekers zich hebben verzameld om hun danskunsten aan de rest te tonen, hangen enkele grote metalen schijven, waarop nu en dan lichtstralen worden gericht, die vervolgens terugspiegelen, de zaal door, zichtbaar gemaakt door rook uit machines. Bundels van licht die eruitzien alsof je ze kunt aanraken, maar als je je hand ernaar uitsteekt, prik je erdoorheen.

Met Iglo voorop waden we door de mensenmassa, hij is ergens naar op zoek, met de schichtige motoriek van de cokesnuiver blikt hij om zich heen, speurt hij de gezichten af, tot hij heeft gevonden wie hij zocht: daar is Car, ze staat in een kringetje met enkele vriendinnen en ze lijkt in het geheel niet blij haar liefje te zien. Als hij haar probeert te zoenen, weert ze hem af. Ze begint in zijn oor te schreeuwen, de muziek is te luid om er iets van te kunnen verstaan. Siem houdt verontschuldigend zijn beide handen op, dat oude gebaar om de goden de schuld te geven.

De snuifboys gebaren of ik iets wil drinken. 'Wodka-Redbull,' gil ik. Ze knikken, gaan de rest van het gezelschap af, verdwijnen in het dansgedruis.

Er is een tijd geweest dat deze formule me aansprak: het duister, de kunstmatige rookgordijnen, doorbroken door felgekleurde stralen licht. Niets meer horen dan de luide, massieve muziek, geen stemmen, geen menselijke geluiden, alleen de muziek. Het onveranderlijk ritme, het beschermende daarvan, dat je niet bij elk volgend nummer een nieuw pasje hoeft te bedenken of in een andere groove moet zien te geraken, maar dat je soepel overglijdt van de ene track in de andere.

Nu beklemt het me, de enormiteit van deze zaal, de enormiteit van de mensenmenigte. Geen houvast. Ik kijk naar het dansende publiek en zie vele handen in de lucht gestoken, als van drenkelingen die smeken om gered te worden. Misschien ben ik niet de enige.

De snuifboys zijn terug met drankjes. Als ik het mijne in handen gedrukt krijg, realiseer ik me weer dat ik naar de wc moet, dat ik honger heb, en dorst. Dat laatste probleem kan ik als eerste verhelpen.

Titia schreeuwt wat in mijn oor. Ik kan haar nauwelijks verstaan, maar ik begrijp dat er in de kelder iets te doen is. Ik volg haar door de mensenmassa, kom vast te zitten, Tiets zie ik nergens meer, maar wel een uitgang, en in de hal voorbij die uitgang is een trap naar de kelder. Aldaar, een gang over de volle lengte van het bovenliggende gebouw, met links en rechts in de betonnen muren deurloze openingen naar kleine zijruimtes. In elke ruimte klinkt andere muziek, zachtjes, muziek die praten toestaat. Zouden hier ergens de toiletten zijn?

Ik stap zo'n kamertje binnen, er staan banken, er liggen kussens, mensen zitten in kleermakerszit op de grond of leunen gehurkt tegen de muur. De meeste lui zien er nogal doped out uit, ik stel het vast met mijn dronken hoofd waarin de effecten van de xtc nog niet te merken zijn, maar mogelijk zie ik er in de ogen van die anderen even doped out uit als zij in de mijne. Rook, veel rook, van machines, van sigaretten, van joints. Er wordt weinig gesproken. Ik zigzag van kamer naar kamer, in de gang bots ik soms op een mij tegemoetkomende zombie, een paar keer word ik omhelsd, iemand drukt een kus in mijn hals, een meisje.

Van één ruimte zijn de muren behangen met foto's van het koninklijk huis. De kroonprins met zijn Argentijnse kroonprinses. W-A to the Max. De ouders van de prins, een nog jonge Beatrix tijdens háár inhuldiging, de hermelijnen mantel om haar schouders. Claus naast haar gezeten, een blauw-oranje sjerp over de borst van zijn witte hemd, vele jaren voordat hij dat andere lint, zijn stropdas, in een bui van rebellie van zijn lichaam zou rukken. Hij kon er niet mee voorkomen dat hij prins bleef, stierf als prins, of dat zijn oudste zoon gedoemd was koning te worden.

Wat voor ouder levert zijn kind uit aan het volk?

Voor het eerst was ik die paasmaandag weer eens bij mijn ouders op bezoek geweest. Voorheen moesten ze niks van geïnstitutionaliseerde feestdagen weten, maar sinds enkele jaren gaven ze een gezamenlijke paasbrunch op Tweede Paasdag. Tom en Rieneke waren er ook, Tom sinds vijf jaar de nieuwe vaste vriend van ma, Rieneke de meest recente scharrel van pa. Hoe die ouwe het toch elke keer weer voor elkaar krijgt van die jonge dingetjes te ritselen, het is me een raadsel, terwijl ik toch zelf ook een jong dingetje ben geweest dat haar hart aan een oudere man verpandde. Maar pa... Het idee alleen al.

'Ik heb morgen een afspraak bij een psychiater.'

Vreugde alom. Wat goed dat ik zo 'dapper' was geweest om die 'stap' te zetten. Dochter buigt, neemt staande ovatie in ontvangst. Geen zorgen meer: de vlekjes zullen weldra worden weggepoetst. Het kind uitgeleverd aan de zielendokters.

Een dag later zat ik aan een tafel tegenover Marc Roggeveen in zijn praktijk aan de Agamemnonstraat in Zuid. Hij bleek jonger dan ik verwacht had, hooguit ver in de dertig. Wel had hij een wat ouwelijke manier van kleden. Kakibroek, een wit overhemd met korte mouwen, borstzakje waarin drie pennen waren gestoken, een montuurloze bril, ouderwetse scheiding in het haar. Eerder de kledij die je bij een vertegenwoordiger in overlijdenspolissen zou verwachten dan bij een psychiater. Zijn stem klonk wat nasaler dan aan de telefoon, maar dat kon ik alleen maar als pluspunt aanmerken.

Ik dacht aan Agamemnon, hoe zat het ook alweer? We lazen erover op school, bij Ovidius. Agamemnon, die bereid was zijn dochter Iphigeneia te offeren aan Diana, om de Trojaanse Oorlog uit een impasse te helpen. Volgens Ovidius kreeg Diana medelijden en verwisselde ze het meisje voor een hert. De menselijke geschiedenis is doorspekt van volksverhalen van zulke krankzinnige offers. De god uit de Bijbel was er het meest extreem in. Niet alleen Abraham probeerde hij zo gek te krijgen diens zoon te offeren, later deed hij het zelf daadwerkelijk: zijn eniggeborene belandde aan het kruis. De koning van de Joden. Koningen en hun offers. Míjn koning offerde mij, leverde mij uit aan het verdriet.

Marc Roggeveen schonk thee voor me in en maakte een praatje over het weer ('Het houdt niet op, hè, die kou?'). Ik klemde mijn kaken opeen en dacht: *Mensen die gesprekken over het weer oppervlakkig vinden, ontkennen het dier in zichzelf*.

Al snel kwam hij ter zake met een eenvoudig: 'Wat kan ik voor je betekenen?'

Niets, ik zat hier niet uit vrije wil. Ja, ik had zelf gebeld, ze hadden me niet in een dwangbuis hierheen hoeven begeleiden, niemand eiste iets van me, al waren er verwachtingen.

'Ik weet het niet.'

'Hm,' zei hij. Het klonk niet eens ontevreden. 'Ik ook niet. Maar je hebt me niet zomaar gebeld, neem ik aan. Er zal toch iets aan de hand zijn, misschien kun je daar eens mee beginnen.'

'Ik rouw om een geliefde. Mensen in mijn omgeving vinden dat ik daar maar eens mee op moet houden. Dus... Heb je een behandeling voor me?'

Een en al kalmte, dat gezicht. Zonder dat het irritant of arrogant werd. Eerder was het bedachtzaamheid, de overtuiging dat alles wat je in het leven te horen krijgt normaal is, maar dat sommige onderwerpen eenvoudig wat meer overweging verdienen dan andere. Na enige tijd zei hij: 'Dat is een heel helder antwoord, maar het zijn wel veel dingen tegelijkertijd die je daar zegt. Twee beweringen en een vraag.' Hij houdt zijn handen in een scherpe hoek tegen elkaar aan, er past precies een taartpunt tussen. 'En op die vraag heb ik niet zomaar een pasklaar antwoord, daar heb ik toch echt wat meer context voor nodig. Dus eerst eens die beweringen.'

Deze man dacht in structuur. Zijn pauzes waren witregels in zijn hoofd, dat kon haast niet anders.

'Je zegt: "Ik rouw om een geliefde".'

'Ja.'

'Je *rouwt*. Is je geliefde overleden?'

'Nee.'

Te midden van de hangende zombies in een van de ruimtes, vol posters van oude discohelden – afrokapsels, bellbottoms, oplichtende dansvloeren – ontwaar ik een bekende. Een kastanjerood pagekapsel dat volgens lijnen der perfectie langs een volmaakt poppengezichtje hangt. Grote hertenoogjes. Iphigeneia. De tengere gestalte, een hand die een geroutineerde achterwaartse tik tegen de onderkant van dat kapsel geeft om het uit de kraag van haar bloesje te bevrijden. Het is Marcia, een meisje dat ik ken uit de tijd dat we allebei achter de bar stonden bij café Lucifer. In zekere zin ook wel een vriendin, maar eentje die ik, zoals zoveel vriendinnen, al maanden niet heb gesproken.

'Hé, hooooi!' hoor ik mezelf op een belachelijk hoge toon tegen haar zeggen. Zij gilt al even hysterisch terug dat, liefie, ze het zo leuk vindt om me hier te zien en hoe lang geleden het wel niet is. Dikke maatjes. Wie houden we eigenlijk voor de gek?

Het verbaast me niet haar hier aan te treffen, Marcia is overal waar gefeest wordt. Toen we drie jaarcontracten vol hadden gemaakt bij Lucifer moesten we allebei weg, we leefden nu eenmaal niet in tijden van vaste dienstverbanden, en ik vond snel iets anders, maar Marcia's vriend had inmiddels zo'n goede baan dat zij de moeite van het solliciteren niet zo zag zitten en ervoor koos voortaan als trophee wife door het leven te gaan. Gert, haar vriend, betaalde de drankrekeningen waar zelden drankjes voor hém op vermeld stonden, omdat hij vaak tot laat moest werken. Marcia's voornaamste taak in het leven bestond sindsdien uit mooi zijn, maar mooi is ze eigenlijk al niet meer, zie ik nu. Verval voltrekt zich onder een dikke laag foundation, ze verlept, en over een paar jaar, als ze haar schoonheid definitief kwijt is, zal ze spijt hebben, of wie weet laat ze zich zwanger maken en legt ze zich erbij neer. Knipt haar haren af, draagt alleen nog maar gemakkelijke kleding, en kijkt af en toe terug in de fotoalbums van haar hoogtijdagen. Het truttig-burgerlijke ideaal, volgens mij zou ze zich er niet eens voor schamen, wat ik dan toch niet kan uitstaan – ik blijf ondanks al mijn verzet een kind van mijn ouders. Of is het iets anders? Is het jaloezie?

Marcia zegt: 'De laatste keer dat wij elkaar zagen was jij met hoe heet-ie ook alweer, die al wat oudere man...'

'Arthur.'

'Ja, Arthur!'

'Dat is uit.'

'O, wat jammer. Toch te oud?'

'Toch te getrouwd, zou ik zeggen.'

Marcia trekt haar mond in een soort verticaal uitgerekte nul, ogen wijd open, zo'n kop die de gespeelde verbijstering over sappig roddelmateriaal moet uitdrukken. 'Oooh, *seriously*? Was-ie *getrouwd*?'

Ik maak een wegwerpgebaar.

Ik weet heel goed aan welke avond ze refereert, hoe kan het ook anders, ik herinner me bijna elke avond van het samenzijn met Arthur, maar deze in het bijzonder. Het was de avond van De Eerste Signalen, de avond waarop ik had moeten weten wat me te wachten stond, de avond waarop ik voor het laatst de kans had mijn lot in eigen hand te nemen, zélf een einde te maken aan onze verhouding –

Ik kon het niet en ik wilde het niet en ik geloofde niet dat het ooit mogelijk zou zijn dat er toch een einde aan kwam.

We dronken bier bij King Fisher in de Ferdinand Bol. Waarom hij niet naar mijn huis had willen komen?

'Omdat ik dan niet van je af kan blijven. Omdat je mijn wilskracht dan weer breekt met dat goddelijke lijf van je.'

Het klonk weinig complimenteus, het schudde mijn oude onzekerheden wakker – zo lang gesust door zijn lieve woorden en vaag geformuleerde beloftes – dat het hem misschien wel alleen om de seks te doen was, seks met een vijfentwintigjarig lijf. Waar toevallig ook nog een persoon in verstopt zat, ja, dat was een beetje een nadeel.

'Ik heb een relatie gehad met een getrouwde man.'

'Ja?' Niets in de gezichtsuitdrukking van Marc Roggeveen verraadde of hij door mijn mededeling geschokt was of verbaasd. Dat was hij natuurlijk niet. Hij hoorde dit vermoedelijk elke dag. 'Oké...'

Nee, niet oké. Niks oké. Prompt begon ik te janken, niet omdat het verdriet opspeelde, maar van woede. Zo'n klootzak die daar maar zat te luisteren en vraagjes stelde, terwijl hij ondertussen dacht aan wat hij straks bij de lunch zou gaan eten, misschien had hij zelf ook wel een jongere maîtresse die hij dan ontmoette, even een vluggertje tussen twee patiënten door.

Hij schoof een doos tissues mijn kant op zonder

commentaar te leveren op mijn tranen, zonder een poging te doen mij te troosten.

'Vertel maar.'

Ik zei niets en hij zei ook niets, het was weer zo'n gewiekste therapeutische pauze, en het werkte verdomme ook nog, want na enige tijd werd de stilte me zo ondraaglijk dat ik toch begon te praten, mijn stem dik van de tranen.

'Luister, ik ben gewoon depressief. Mensen in mijn omgeving maken zich zorgen. Mijn baas wil dat ik weer aan het werk ga. Mijn ouders zijn bang dat ik zelfmoord pleeg – onterecht, overigens. Kun je me niet gewoon antidepressiva voorschrijven? Dan word ik binnen no time weer de modelburger die iedereen zo graag ziet.'

Ik wilde dit niet, hier zijn, hier in therapie, *werken aan een oplossing*. Het verdriet parasiteerde op me, vrat al mijn voedingsstoffen weg, als een lintworm – dat was waar. Maar het was een lintworm die ik graag voedde, want zolang ik die in me had, bestond hij nog. Waar ik pas echt bang voor was, was het moment dat het verdriet zou gaan slijten, ik hem zou vergeten, hij definitief uit mijn leven zou verdwijnen, geen ander spoor nalatend dan het handjevol herinneringen aan die veel te korte tijd dat we samen waren geweest.

Roggeveen glimlachte. 'Je klinkt alsof je het zelf totaal niet nodig vindt.'

'Dat klopt.'

'Weet je, dan vind ik het ook niet nodig. Ik ga niet zomaar medicijnen voorschrijven. Ik wil eerst weten wat er aan de hand is. Dus... vertel me nu maar eens over die grote liefde, anders blijft het allemaal zo abstract.'

Vertel me nu maar eens. Een soort bevel. Die grote liefde – hij zei nog net niet 'die grote liefde van je, meissie'. Elke vezel in me kwam in opstand tegen deze man en zijn je-kunt-alles-tegen-me-zeggen-houding. Hij was mijn verhaal niet waard. Hij was de werkelijkheid niet waard.

'Hij heet Arthur,' zei ik. 'Arthur van Heeren, misschien ken je hem. Hij is wel eens op tv.'

'Vagelijk.'

Ik somde wat demografische gegevens op, feitjes die een mens moeten samenvatten, maar die helemaal niets zeggen over iemands karakter.

Leeftijd (46), kinderen (2), vrouw (1). Baan: mathematisch fysicus, vraag niet naar verdere toelichting, iets met onderzoek naar materieloze materie, lege ruimte misschien eerder, donkere ruimte, donkere materie, ik stamelde mezelf naar het wrange besef dat ik het eigenlijk niet eens precies wist, dat hij me in kleutertaal wel eens over zijn werk verteld had, maar dat ik hem blijkbaar nooit naar details had gevraagd, en daar schaamde ik me nu voor, dat ik deze man, van wie ik zo hield, zo slecht kende, dat een belangrijk deel van zijn brein voor mij onbekend terrein was. Maar werk is nu eenmaal niet hetgeen je bespreekt als je in een tumultueuze affaire verwikkeld bent. Omgekeerd durfde hij, als hij thuis was, mijn stukjes in de krant niet te lezen, bang dat zijn vrouw wat aan hem zou kunnen merken.

'Kun je iets vertellen over jullie relatie?'

Dat zal ik doen. Ik zal je zoveel vertellen dat het zweet je uitbreekt, dat je vandaag nog je vrouw belt en zegt: ik ga bij je weg, ik heb een ander.

Het Paperblank-notitieboekje dat ik voor mijn reportages gebruikte, veranderde vanaf het moment dat we elkaar ontmoet hadden in een dagboek. Toen hij uit mijn leven verdwenen was, herlas ik die aantekeningen zo vaak dat ik ze inmiddels uit mijn hoofd kende, dat ze de werkelijkheid vervangen hadden, evenals mijn oorspronkelijke herinneringen aan die werkelijkheid. Daarmee werden ze niet minder waar, misschien zelfs wel wáárder, maar toch: anders dan wat er echt gebeurd was.

Weirde gast ontmoet. Was voor *Waar is het Feestje?* bij launch-borrel van nieuwe # van glossy *Glamourade* in club Tasty. Themanummer: wetenschap. 25 topwetenschappers gefotografeerd alsof ze fotomodellen waren. Gewaagde houdingen, visagie, Photoshop, etc. Vrij hilarisch. Opmerken in verslag: rondlopen door club met exempl v/h tijdschrift i/d hand, proberen de wetenschappers te herkennen in hun onbewerkte, dagelijkse staat van zijn.

Man in kwestie: Arthur van Heeren. Iets met wis- of natuurkunde. Onderschrift bij foto in *Glamourade*: 'Doet onderzoek naar de rol van het getal nul in het ontstaan van het universum en het leven op aarde'. Ik dacht: nerd! Goed opgepoetst voor foto, maar moet *irl* een freak zijn. Bleek verlammend lekker. Goed figuur, intelligente kop. Lekkere volle zoenlippen.

Op hem af gestapt (god, I love this job!!), paar standaardvragen gesteld. Toen hij: Vertel eens over je werk. Ik: Gewoon. Feestjes bezoeken etc. Paar grappen over Jan des Bouvrie en Marijke Helwegen. Werkte: hij lachen. Ik: 'Ze willen allemaal heel graag op de foto. Ze willen aan de wereld laten zien dat zij daar, op die exclusieve plek, het beste feestje ooit beleven, dat iedereen die dat morgen in de krant ziet en die er niet bij was, báált!' Hij weer lachen.

Een week later belde hij me op bij de krant. Hij wist niet eens mijn achternaam, had gewoon naar Hanna gevraagd en was naar de enige Hanna op de redactie doorverbonden. 'Ik doe dit normaal nooit, dat moet je goed begrijpen. Maar jij bent anders.'

Ik geloofde hem, wilde hem geloven.

Of ik iets met hem wilde drinken. Hij stelde King Fisher voor. Veel later pas begrepen waarom juist dát café: omdat hij zeker wist dat zijn vrouw daar nooit zou komen, die had er ooit ruzie gemaakt en gezworen: daar ga ik nooit meer heen.

Uren gepraat: zijn werk, zijn jeugd in Brabant. Ik meer roddels uit het feestcircuit. Over mijn opleiding. Hij vroeg naar ambities. Verzon ze ter plekke. Het tv-journaal leek me wel wat, maar geen idee hoe daar te komen. Allebei gespannen, veel nerveus gelach en gedoe. Hij: zwalkt tussen soort van natuurlijke autoriteit en verlegenheid. Zijn verlegen lach is mooi, neergeslagen ogen.

Of hij zin had om bij mij thuis nog wat te drinken. Zichtbare twijfel, maar hij had nog geen woord over zijn vrouw gezegd. En ik durfde er niet naar te vragen.

Marcia is bezig aan een lang verhaal over háár meest recente stukgelopen relatie, alweer zeven jaar geleden, alsof ik daarom heb gevraagd, alsof ik voor het stuklopen van mijn eigen relatie troost kan putten uit het feit dat andere mensen ook wel eens relaties hebben die stuklopen. Dat gekeuvel alsof liefdes net zoiets zijn als sieraden of make-up of kleding, o ja heb jij *dat*, joh?, nou, ik heb laatst *dit* gekocht, ken je dat?

En nu begint ze over een vriendin, van wie het vriendje het onlangs heeft uitgemaakt omdat hij een ander had, en toen is zij, Marcia dus, met die vriendin op vakantie gegaan naar Ibiza, 'En daar hebben we toen lekker lopen sletten, najah, ik natuurlijk niet écht, want ik zou Gert nooit bedriegen, alleen een beetje flirten, maar Cynthia ging dus helemaal los en toen we terugkwamen zei ze: "Echt, Marcia, ik ben zó blij dat je daar mee naartoe hebt genomen, ik voel me zoveel beter nu." Dus, najah, je weet wat je te doen staat, schatje.'

Ik knik af en toe wat, en denk: je moest eens weten...

Toen hij verdwenen was, realiseerde ik me dat dit leven van mij verder altijd een wachten zou zijn. Wachten tot er ooit weer een Arthur op mijn weg zou komen. En ik besloot me niet langer op te sluiten. In de wachtkamer van de tandarts lees je de *Privé*. In de wachtkamer van de liefde lees je andere mannen.

Het was niet moeilijk ze om mijn vinger te winden, mee naar huis te krijgen, met ze in bed te belanden. Ik voelde me er ook niet schuldig over, niet tegenover Arthur: sinds zijn verdwijnen uit mijn leven bestond er geen moraal meer, dus ook geen schuld, dus ook geen schuldgevoel.

Maar ook: geen bevrediging. Als ik die uitspattingen betreur, dan is het daarom: ze brachten me niets. De leegte die ik probeerde op te vullen, bleef gapen. Een vulkaankrater waar ik mannetjes in gooide, maar de mannetjes vulden niet, werden verzwolgen door het kolkende magma. Dus nee, Marcia, je hoeft me niets te vertellen, ik ben die Cynthia van jou niet, met een weekje Ibiza help je mij er niet bovenop.

3

Ik heb me door Marcia mee terug laten voeren naar de grote zaal en om onduidelijke redenen sta ik daar nu te zoenen met een jongen die volgens mij daarnet 'Marvin' in mijn oor schreeuwde, maar het kan ook 'Alvin' zijn geweest, of 'Darwin'. Het zal de xtc wel zijn, want ik vind die Marvin niet per se aantrekkelijk, maar wel heel lief en ontroerend.

In een donkere uithoek van de zaal sabbel ik aan zijn jongenstong, graai ik in zijn witte jongensonderbroek die boven zijn laaghangende baggy jeans uitkomt, snuif ik de geur op van zijn zweterige jongensoksels.

Ik voel me ontspannen, ben eindelijk naar de wc geweest. Het was er smerig, er dreven tampons in de pot, die er zelfs na het doortrekken nog in bleven hangen. Ook was het toiletpapier op, maar in mijn tas zaten nog papieren zakdoekjes waarmee ik de bril afveegde, zodat ik mijn vermoeide lijf erop kon laten neerzakken.

Veel introductie hadden we niet nodig, Marvin en ik. Hij liep op me af, omhelsde me, ik begon hem te zoenen, hij zoende terug. Hij is een pijnstiller, een kusje op de pijnlijke plek. Zoals ik me in die lange, droeve maanden na Arthurs vertrek zo vaak op mijn pijnlijke plek liet kussen.

Marvin, kleine Marvin met je tengere armpjes en je lange benen en je schuimige kroeshaar, zal ik je mee naar huis nemen of durf je dat niet? Je zoent lekker maar onervaren, ik kan je dingen leren.

Hoe ik in de lach schoot toen Marc Roggeveen me vroeg of Arthur de eerste man in mijn leven was.

Nee, bij lange na niet de eerste. Vanaf zo plusminus mijn veertiende heb ik alle hoeken en plooien en gaten en uitstulpsels van het seksuele leven leren kennen. Preuts ben ik nooit geweest. Je mag alles met me uithalen, zei ik tegen jongens, als het maar geen pijn doet – dat was zo ongeveer het uitgangspunt. Gewoon pijpen of liever deepthroaten? Wat je maar lekker vindt. En als je klaarkomt in mijn mond doe ik niet moeilijk en slik ik je komseltje door, hoeveel koffie je ook gedronken hebt, hoeveel sigaretten je ook gerookt hebt, die gifstoffen waar je zaad van naar afval gaat smaken – ik doe het als jij daar geil van wordt. Liever in m'n kont dan in m'n kut? Whatever turns you on, baby. Tot zover de technische kant van de zaak. En wat het gevoel betreft: je hoefde mij niks te vertellen over het verschil tussen seks-met-liefde en gewoon alleen het lichamelijke. Niemand hoefde me dat uit te leggen, ik begreep het van nature. Vaak genoeg was ik in mijn middelbareschooljaren verliefd geweest op jongens, maar ik neukte niet met ze. Niet met de jongens die me interessant of intelligent of artistiek begaafd leken. Die bewonderde en beminde ik liever van een afstand. De stakkers zullen misschien gedacht hebben: dansen doet ze wel met mij, maar vrijen, dat doet ze met een ander, want inderdaad, ik neukte liever met de jongens die ik *niet* aantrekkelijk vond. Mooi waren ze wel, niet aantrekkelijk. De welgevormde leeghoofdigen, mijn duiveltjes: ik zag ze als oefenmateriaal. Ze hadden mij niets te melden en ik hen niet. We neukten eenmalig of hooguit een paar keer, en daarna was het klaar. Zij deden niet sentimenteel want ze waren knap genoeg om al snel weer een nieuw meisje te vinden waar ze hun puberpik in konden prikken. Het liet me koud.

Aan de écht interessante jongens wilde ik me nog niet geven. Ik moest groeien, rijpen. En zij trouwens ook, want bij hen duurde het nog veel langer voor ze eindelijk eens ontmaagd werden, en ontmaagden was niet genoeg, ze moesten ervaring opdoen. Zulks kon bij intelligente mannen nog wel eens lang duren, want onzeker als ze waren over hun uiterlijk, klampten ze zich vaak vast aan het eerste het beste vriendinnetje dat bij hen wilde blijven, en veel van die types waren inderdaad een paar jaar later nog steeds met hun highschool sweetheart, inmiddels vaak getrouwd, sommigen hadden zelfs al kinderen. Je moest wachten tot ze in de dertig waren en ze binnen hun universitaire milieus merkten dat gespierde hersens even aantrekkelijk konden zijn voor vrouwen als gespierde borstkassen, en dan gingen ze vreemd en dan leerden ze eindelijk, in hun erotische escapades met studentes, hoe seks werkte. Da's mijn theorie van de mannelijke leerschool der liefde. Waaruit als logische conclusie volgt dat je als jonge vrouw die een seksueel ervaren man met hersens wil, op zoek moet in het wat oudere marktsegment. Minstens veertig.

In mijn studiejaren heb ik een aantal van die types tussen mijn benen toegelaten, en de theorie bleek te kloppen. Zo viriel, gewillig en en geharnast als sommige universitaire docenten was ik ze niet eerder tegengekomen, al waren er ook uitzonderingen. Arthur was zo'n uitzondering, eerlijk is eerlijk, maar zijn leergierigheid was zo groot dat het toch weer interessant werd om met hem te vrijen. En er was dat andere. Ik werd verliefd op hem. En alles wat ik daarvóór verliefdheid had genoemd, verbleekte bij deze verliefdheid. Ik moest er een nieuw woord voor vinden, een woord dat ik nog niet eerder had gebruikt, en dat woord was: liefde.

'Het leven is zo mooi,' zegt Marvin, tussen twee korte kusjes op mijn mond door.

Ik weet niet wat erger is: sentimentele dronkenschap of de weëe wezenloosheid die door xtc wordt veroorzaakt.

'Vind je?' antwoord ik ten slotte.

'Jij niet dan?'

'Ik ben er wel klaar mee.'

Hij kijkt me bezorgd aan, even denk ik dat hij gaat huilen uit medelijden met mijn treurige levenshouding, maar dan zegt hij: 'Wow... ga je niet goed of zo?'

Marvin, Marvin, hou op jongen, je hebt geen benul wat ik heb meegemaakt, je zou er niets van begrijpen, hoe oud ben je, zeventien?

We zoenen weer, dan houdt hij zijn mond ten minste. Met sommige jongens kun je beter niet praten.

Nog geen minuut later wordt de muziek weggedraaid. Er klinkt boegeroep. Als ik mijn ogen open, mijn lippen losmaak van die van Marvin, en om me heen kijk, zie ik dat het grote scherm, waarop eerder nog allerlei videoprojecties van de vj waren te zien, nu op zwart is gesprongen. Er trekt een storingachtig, kruimelig grijs kringeltje over het scherm, en dan ineens is er weer beeld, helder beeld, *daglichtbeeld*.

Een mensenmassa waarin één kleur overheerst: oranje. De camera zoomt uit, de plek die we zien is de Dam, een Dam die volgestroomd is met oranjeklanten.

'Het is nu precies tien uur,' zegt een omroepster. 'En weer wordt er gezongen.'

Het publiek op het plein zingt: 'Bea bedankt, Bea bedankt, Bea, Bea, Bea bedankt.'

Een reeks close-ups toont tientallen mensen met opblaasbare kronen op het hoofd, gemaakt van oranje plastic. Er is een man met een oranje hoofddoek om, er staan meisjes van wie het kapsel is versierd met een kroontje of tiara, er staan mannen met T-shirts van het nationale elftal, mensen met oranje petjes, oranje jassen, oranje cowboyhoeden, oranje boa's zoals Merel die vanavond om had, Hawaïaanse kransen bestaande uit nepbloemen in de kleuren rood, wit en blauw, vrijwel iedereen heeft de nationale driekleur op de wangen geschminkt, net zoals mijn vrienden en ik.

Een overzichtsshot van het paleis, er ligt een brede strook veiligheidsleegte tussen het gebouw en het gepeupel.

Nu is er beeld van binnen in het paleis, de zaal waar zo dadelijk de plechtigheid zal plaatsvinden. En daar verschijnen de hoofdrolspelers in dit sprookje-van-metamorfose: de oude koningin, met die kenmerkende grijze suikerspin op haar hoofd. Straks zal zij weer prinses zijn. De kroonprins en -prinses, hij in rokpak, zij in een crèmekleurige frutselfantasie met een parelmoeren glans. Straks zullen zij tot koning en koningin transformeren.

'De koningin,' zegt de commentaarstem, 'schudt de hand van de voorzitter van de Eerste Kamer en de voorzitter van de Tweede Kamer.' Zo te horen is het Astrid Kersseboom.

'Sorry,' zeg ik tegen Marvin. 'Dit wil ik echt even samen met mijn vrienden bekijken.'

En voor hij kan protesteren duik ik de massa in, op zoek naar Siem en Tiets en Marieke en de anderen, het aanwezige volk is verdeeld geraakt in hen die niet geïnteresseerd zijn en nu druk met elkaar praten, en de mensen die wél geïnteresseerd zijn en die nu aandachtig, hoofd in de nek, naar het hooggeplaatste scherm staren. Ik probeer mijn blik af te wisselen tussen de feestgangers onder wie ik mijn vrienden moet zien te ontwaren, en de gebeurtenissen in het paleis. Ik zie prinsesjes in truttige gele jurkjes, ik zie mensen die in de bleke reflectie van het scherm op doden lijken, bleke doden met grote, zwarte ogen. Ik hoor de commentaarstem zeggen dat de jurk van Máxima een ontwerp is van modehuis Natan uit Brussel.

Daar zweeft de kapiteinspet van Siem boven de massa, eronder zijn oranje pruik. 'Henkie!' zegt hij als hij me ziet. Car staat een meter verder met een gezicht als een gedroogde vijg, maar Siem lijkt niet te lijden onder hun zoveelste publiekelijk beleden onenigheid.

De koningin neemt het woord: 'Ik heet u allen graag welkom bij deze ceremonie.' Het is duidelijk te horen hoe de menigte buiten uitzinnig begint te juichen, als bij een voetbalwedstrijd. De koningin schiet in de lach, een hees lachje, het lachje van een oude vrouw.

'Waar was je nou?' vraagt Siem, terwijl hij een arm om me heen legt.

'Ssst,' zeg ik, 'ik wil dit even horen.'

Waarom eigenlijk? Ik verdoe mijn tijd. In plaats van te luisteren zou ik moeten vertellen. Die Marvin, zou die niet naar me willen luisteren? Kijk, Marvin, die pafferige sukkel die dadelijk onze koning wordt, ken je zijn opa? Een notoire vreemdganger. Iedereen weet het, en toch zitten ze hier met z'n allen de schone schijn op te houden, want ondanks al zijn escapades koos Bernhard toch altijd weer voor het veilige nest van zijn Juliana en haar rijkdom. Zo zijn ze, de mannen.

De directeur van het kabinet van de koningin leest de akte van abdicatie voor. 'Heden, 30 april 2013 om tien uur in de ochtend, heb ik, Beatrix, koningin der Nederlanden, prinses van Oranje-Nassau, enzovoort enzovoort enzovoort, in aanwezigheid van mijn oudste zoon, de prins van Oranje, en zijn echtgenote, in het Koninklijk Paleis te Amsterdam, bijeengeroepen: de voorzitters van de beide kamers der –'

O, het was er allemaal, Marvin, het hele standaardpakket Vreemdgaan voor Beginners. De hitsige e-mailtjes, waar we elk een apart account voor hadden aangemaakt, anna–arkadyevna@gmail.com en alexei–vronsky@gmail.com. 'Ik wil mijn lippen op die van jou drukken, nee niet die van je mond, van je kut natuurlijk. Ik wil je natte kut tegen mijn mond voelen, ik wil dat je mij er van mijn neus tot mijn kin mee natmaakt, ik wil plat op mijn rug liggen en dat jij boven mijn gezicht komt hangen met die kut, dat je mij ernaar laat happen als een hongerig dier, ik wil mijn tong tussen je billen door laten glijden en dan langs je kut, ik denk de hele godvergeten kutdag aan helemaal niets anders dan je kut. X, Vronsky.'

'– met mijn handtekening bekrachtigd en ondertekend door mijn oudste zoon en zijn echtgenote, alsmede door alle autoriteiten thans door mij bijeengeroepen en hier aanwezig, zal in het archief van het kabinet van de koning worden bewaard nadat deze van het grootzegel van het – '

En dat ik antwoordde: 'Doe alles met me wat je wil. Ik ben op dit moment alleen nog een lichaam. Nee, ik ben alleen nog mijn kut en mijn kont en mijn borsten en mijn mond, die vier, verder niets, steek je lul in mijn kut, in mijn kont, klem hem tussen mijn kleine borsten, schuif hem in mijn mond, waar je het geilst van wordt, dat zal ik voor je doen, liefste.'

Nu draagt de directeur van het kabinet van de koningin de map met de akte van abdicatie naar de koningin en legt hem voor haar op tafel. Zij draait de dop van haar pen open, ze zet haar handtekening, en vervolgens klinkt buiten opnieuw dat gejuich als in een stadion: wat er precies bejuicht wordt is me een raadsel, is het volk blij dat die ouwe is opgehoepeld? Hetzelfde doelpuntgebrul, iets begrijpelijker, klinkt wanneer W-A en zijn M hun handtekeningen zetten. De metamorfose van prins tot koning: met een paar handtekeningen geregeld. Ovidius had meer tekst nodig. Moeder en zoon knijpen elkaar glimlachend in de hand, daarna drukt de zoon ook even de hand van zijn vrouw. Naast mij schiet Marieke vol en ook ik voel een wee gevoel in mijn maag opstoten, maar waarom, mijn koning? Waarom?

Waarom heb je me verlaten?

De sms'jes overdag, als je op het lab aan het werk was. Ik kon me klaarvingeren als je me een wiskundige formule sms'te waar ik geen moer van begreep. En als ik je dat per sms liet weten, maakte dat *jou* weer geil. Maar niet 's avonds. 's Avonds mocht er niet ge-sms't worden.

De uitbrander die je me eens gaf omdat ik je buiten de 'afgesproken' tijden had ge-sms't. Je had je telefoon op de eettafel in de woonkamer van je huis laten liggen en mijn berichtje pas de volgende dag gezien, de kans was groot geweest dat als je vrouw iets vermoedde, ze je telefoon zou controleren en dan had ze zonder meer dat sms'je kunnen lezen, want ze kende al je wachtwoorden, ook die van je iPhone – als je ineens een ander wachtwoord zou instellen zou dat verdacht zijn: totale paranoia, een almaar groeiende schimmel van paranoia. Op weg naar je werk belde je me. Of ik dat nooit meer wilde doen.

'Maar laat me dan op z'n minst iets horen als je 's avonds thuis bent. Dat je aan me denkt. Iets kleins, maakt niet uit wat, al is het in codetaal, al is het maar: "Frits, ik ben druk bezig met die rapportage" als dat betekent dat je in je hoofd druk bezig bent met mij. Het is zo eenzaam elke avond, de wetenschap dat jij gezellig bij je gezin bent en ik hier alleen zit met niets anders dan je geur aan mijn lijf als een vage herinnering.'

Je zou erover nadenken, maar je vergat het meestal, al werd ik voortaan inderdaad 'Frits' in je telefoon. Daar ging ik, weer gereduceerd tot cliché van de vreemdgangsproblematiek, deze keer onder de naam Frits.

'Wat deed dat met je?' vroeg Marc Roggeveen.

'Ik legde me erbij neer, in eerste instantie.'

Hij verzocht me zelfs om met niemand over onze affaire te praten, ook niet met vriendinnen. Om toch ergens mijn geluk kwijt te kunnen maakte ik elke dag aantekeningen in mijn Paperblank.

Hij heeft altijd een klein toilettasje bij zich met daarin o.m. deodorant en een flesje aftershave. 'Dan ruikt ze niks aan me,' zegt hij ter verklaring. Als we samen douchen in mijn huis, weigert hij zeep of shampoo te gebruiken, omdat ze van een ander merk zijn dan wat er bij hen thuis in de badkamer voorhanden is. En hoewel ik het begrijp, baart zijn doortraptheid me zorgen en voelt het ook telkens als een afwijzing: alsof hij mijn geur weigert mee te nemen als hij weggaat, terwijl ik andersom *zijn* geur juist koester als hij weer naar huis is. Ik douche me niet, open regelmatig mijn benen om de verlopen spermalucht die dan opstijgt vanuit mijn kruis te kunnen opsnuiven.

Alles was altijd problematisch tussen ons. Altijd was er die ander, aan wie verantwoording afgelegd moest worden.

Vanmiddag, tijdens het neuken, ging zijn telefoon af. Zijn bovenlijf verstijfde, zijn onderlijf verslapte. Hij rolde van me af, greep naar het colbertjasje dat naast het bed over de leuning van een stoel hing, haalde uit de heupzak zijn telefoon. 'Ja,' zei hij. 'Ja, het was...' en hij noemde de naam van zijn vrouw. Wat er bruikbaar was aan zijn onderlijf wilde niet meer verstijven.

Voortaan maakte hij er werk van zijn telefoon uit te zetten voordat we aan het vrijen sloegen. Er waren regels, voorbereidingen, eisen: alles om de geheimhouding te garanderen. Wiedes-wiedes, Hanna-dear. Ik mocht geen make-up dragen, lippenstift was sowieso uit den boze, en toen hij eens met een zwarte vlek op zijn wang was thuisgekomen en zijn vrouw hem naar de herkomst daarvan gevraagd had, was vanaf dat moment ook mascara verboden. Ik moest me make-uploos en ook zo geurloos mogelijk aan hem aanbieden, mocht geen spoor achterlaten dan de herinnering aan onze vrijpartij en de opluchting van zijn ballen dat ze weer eens lekker hadden kunnen lozen. Zijn sporen koesterde ik.

'Wat het met me deed?' zei ik tegen Roggeveen, en daar waren opnieuw de tranen.

Ik was nul, niets. Ik was datgene wat hij ontkende.

Ik bevond me in de gaten van zijn leven, tijd die hij tegenover thuis als werktijd bestempelde, tijd die hij tegenover zijn werk als thuistijd bestempelde, niemand in zijn omgeving wist wat hij werkelijk met die tijd uitspookte, dat het tijd voor mij was, dat hij en ik een tijd deelden die voor de rest van de wereld niet bestond. Ik verdenk hem ervan dat het juist die ontkenning was die de hele affaire voor hem aantrekkelijk maakte, dat juist het niet-bestaan van onze verhouding onze uren samen intensiveerde, gestolen tijd, geheime tijd, donkere materie, alsof je de natuur en haar wetten belazerde.

'Voor hem was het niets, voor mij was het alles.'

4

Nu het formele gedeelte van de abdicatie voltooid is, zwellen in de zaal de gesprekken aan. Op een laag volume wordt er ook weer muziek gedraaid, maar beeld en geluid van de rechtstreekse tv-uitzending blijven aan staan. Nieuwspresentatoren Rob Trip en Astrid Kersseboom zitten in een glazen huis op de Dam, met uitzicht op het paleis en de mensenmassa. Met twee tuttig geklede, kortgekapte dames, geen idee wie het zijn, royalty-watchers wellicht, wordt nagepraat over de emotiefactor van de plechtigheid. De ene, met het donkere haar, zegt: 'Rituelen zijn wat dat betreft ook belangrijk voor de esthetiek, hè, mooi aankleden, en het besef van: we hebben nu een koning.'

'Ja, dat zouden we anders niet doorhebben,' zegt Siem, naast mij.

Het scherm toont een zoek-de-verschillen-plaatje waarop het vaandel van Beatrix wordt vergeleken met dat van Willem-Alexander. Er volgt een herhaling van het moment van ondertekening, nu met extra aandacht voor de reacties van het publiek buiten, op het plein. In de studio waagt iemand het om op te merken dat het een enorm verschil is met '1980'. Niemand gaat erop in, alsof dat jaartal voor een onbespreekbaar zwarte episode uit onze geschiedenis staat.

De enige zwarte bladzijde van deze troonswisseling is de commotie die ontstond, de afgelopen tijd, over het zogeheten Koningslied. John Ewbank, bekend van de druilliedjes van Marco Borsato, zou een melodie componeren en het volk mocht ideeën voor de tekst insturen. Democratie ten voeten uit, en het leverde op wat democratie meestal oplevert: een gekunsteld gedrocht. Op tv fileerde een neerlandicus de tekst regel voor regel. Hoogtepunt was de zin: 'De dag die je wist dat zou komen is eindelijk hier.'

Papa, woedend: 'De halve wereld staat in brand. In Syrië worden dagelijks mensen afgeslacht... in Rusland worden mensenrechten met grote trots aan gort getrapt... door de crisis balanceert er bijna wekelijks een Europees land op de rand van het faillissement... een waar gaat het in Nederland over? Het Koningslied! Dáár verschijnt het ene opiniestuk na het andere over... Dáár twitteren de BN'ers over... er is een petitie tegen dat lied getekend door tien-duizen-den mensen... Maar de essentie vergeten ze. Dat wij als democratische natie een onverkozen staatshoofd hebben.'

We zaten in mama's helft van de verdieping, aan de eettafel. Papa dronk Cola Zero, mama en ik witte wijn. Ik had ze wijsgemaakt dat het gesprek met Marc Roggeveen vruchtbaar was geweest en dat ik me meteen een stuk beter en hoopvoller had gevoeld. Het onderwerp verdween al snel van tafel: het zorgenkindje was uitbesteed.

'Ga dan protesteren,' zei ik, weinig geestdriftig.

'Trek een wit shirt aan en sluit je aan bij het Nieuw Republikeins Genootschap. Of bij die chick van "Het is 2013", hoe heet ze, die Joanna. Met d'r jankstem.'

'Kijk, dat bedoel ik,' zei pa, terwijl hij een gefrustreerde hand door zijn uitdunnende haar haalde. 'Protesteren is iets voor de jonge generatie. Het gaat om *jullie* toekomst. Maar niemand wil zich nog ergens bij aansluiten. Een collectief? Gadverdamme! Terwijl dat de enige manier is om een vuist te maken.'

'Jullie hebben anders ook weinig voor elkaar gekregen, toen in 1980. Dat koningshuis zit er nog steeds. En het is populairder dan ooit.'

Misschien had hij gelijk, misschien zou ik me aangesproken moeten voelen, maar het is niet zo. Onze generatie doet niet aan geweld. Geweld is voor ons niet meer onschuldig, niet na wat er de afgelopen tien jaar allemaal gebeurd is. Geweld is voor ons niet meer ludiek stenen gooien naar de ME, het is: terrorisme, aanslagen, moord. Wat je ook vindt van ons gemakzuchtige idealisme – een *like*-button aanklikken onder een Facebookpetitie – het is ónze manier. We proberen het, we zijn zoekende, en ooit gaan we een manier vinden die beter en effectiever is dan die van de stenengooiers uit 1980.

Zijn strijd is niet de mijne – is het eigenlijk nog wel de zijne? Niet protesteren is tot daaraan toe, maar hij en ma zijn met hun liefjes naar het buitenland vertrokken, 'omdat we die poppenkast niet kunnen aanzien'. Dat was er over van hun idealisme: tegen het koningshuis zijn en bij wijze van protest op vakantie gaan.

Samen met Tiets haal ik nieuwe drankjes. Het liefst had ik champagne, maar er is hier alleen bier, wijn en wodka. Het wordt witte wijn. Zwijgend wachten we tot we aan de beurt zijn, we luisteren naar het geleuter op tv, werpen af en toe een blik op het grote scherm. Verslaggeefster Kysia Hekster, op de Dam: 'Achter mij wordt weer gejuicht omdat de mensen zichzelf zien op de beeldschermen.'

Meer close-ups, inmiddels moet zo ongeveer iedereen die daar op het plein staat wel een keer gefilmd zijn.

GEFELICITEERD UIT HAARLEM, zegt een ballon tijdens de zoveelste herhaling van de abdicatiescène.

'Het is inderdaad een heel emotioneel moment,' concludeert de donkerharige dame in de studio, nadat de Oranjes wederom hun handtekening hebben gezet en elkaar een pootje geven.

'Dit was wel hét moment van de dag, hè,' beaamt Rob Trip.

Een gevoel van leegte rommelt in mijn buikholte maar ook ergens anders, moeilijk te lokaliseren, als een kramp. Honger? Ik zou naar huis kunnen gaan. Mijn telefoon is uitgevallen maar ik mag die van Tiets vast wel even lenen om een taxi te bellen. Naar huis, naar bed, deze hele verdomde dag wegslapen en pas wakker worden als het circus voorbij is. Maar moe ben ik niet. We moeten elders heen, naar de wereld van de levenden, weg uit dit zombiehol waar we in duisternis staren naar een scherm dat beelden van de ochtend vertoont.

'Zullen we zo gaan?' zeg ik tegen Tiets. 'Ik ben wel zo'n beetje klaar, hier. Als er toch niet meer gedanst wordt...'

'Ja, het is een beetje dood aan het bloeden, hè? Maar ik wil wel nog even die balkonscène zien, dadelijk.'

Ik zucht en draai als een verwend kind met m'n ogen. 'Whatever... Als jij dat leuk vindt...' Met elk een paar drankjes tussen onze vingers geklemd schuifelen we terug naar ons gezelschap.

Balkonscène: op het balkon van onze kamer in het Gästehaus rookten we samen een sigaret – binnen was het rookvrij. De universiteit van Göttingen had een congres georganiseerd over donkere materie, zoiets zal het wel geweest zijn, in ieder geval was hij een van de sprekers, en in ieder geval was het dé gelegenheid om eindelijk eens een paar dagen achtereen, en *drie volle nachten*, samen te zijn. Het gastenverblijf was een vijf verdiepingen tellend gebouw, de gevel per verdieping in een andere pasteltint beschilderd. Onze kamer was een beetje muf en de eenpersoonsbedden waren klein, te klein voor twee personen, maar het deed er allemaal niet toe, we waren samen. Minnaars in een hotelletje. Het was belachelijk en beschamend en vernederend, maar tegelijkertijd ging er een zekere aantrekkingskracht uit van de gedachte dat we met iets bezig waren waarin al talloze minnepaartjes ons voor waren gegaan. We opereerden in een traditie.

Ons krappe appartementje in het Gästehaus beviel me goed. Er was een minuscuul keukentje, er was een ligbad waar we ternauwernood met z'n tweeën in pasten. Het benauwende kan bevrijdend aanvoelen, er is niet de afleiding van vele kamers en lange gangen en hoge plafonds. Hier heerste de overzichtelijkheid van de eenvoud: niets leidde ons af van elkaar. Zolang we dáár waren, althans. Overdag moest hij verschillende sessies op de universiteit bijwonen, en 's avonds werd er gegeten met de collega's van over heel de wereld. Mocht ik niet bij zijn. Je wist maar nooit, het was een klein wereldje, blablabla – de laffe clichés van zijn angst. Ik wachtte op hem in een café dat ik 's middags, tijdens een verveelde slentertocht door het oude stadje, had uitgekozen.

Alleen die eerste avond, de avond voordat het congres begon, dineerden we samen, in een eetcafé waar de kaart bijna niets anders vermeldde dan aardappelgerechten. We bestelden een mosterdscherpe Kartoffelsalat, een Süskartoffelauflauf met schijfjes courgette en geraspte kokos en tot slot elk een romige Leberknödel. Om het hele zwikkie naar binnen te helpen dronken we bier, veel bier, uit grote, elegant gevormde glazen.

Hoe nieuw het was om midden in de nacht zijn stem te horen, 'Hanna-dear?' Soms sprak hij het op z'n Nederlands uit, en dan werd ik 'Het Hanna-dier', afhankelijk van of zijn stemming zoet of geil was. 'Hanna-dier, ben je wakker?' En zelfs als ik half sliep en eigenlijk te moe was om te antwoorden, zei ik 'hm-hm' en als hij me op dat moment wilde nemen, wilde ik het ook, slapen kon altijd nog.

Voor het eerst was het alsof die ander er niet was. Voor het eerst was het alsof hij écht van mij en van mij alleen was.

Balkonscène (poging 2): Beatrix, Willem-Alexander en Máxima betreden het balkon van het paleis. De oranjekleurige menigte raakt uitzinnig van een vreugde die me vreemd voorkomt. 'Enkele ogenblikken geleden,' zegt de scheidende vorstin, 'heb ik afstand gedaan van de troon. Ik ben gelukkig en dankbaar u voor te stellen: uw nieuwe koning, koning Willem-Alexander.'

Moeder en zoon zoenen elkaar. Gelukkig en dankbaar. Dankbaar waarvoor? Gelukkig waarom?

Marieke staat te grienen als iemand die zojuist de diagnose 'terminaal' te horen heeft gekregen, het zal de xtc wel zijn, heeft zij eigenlijk ook zo'n pilletje genomen, of is deze hysterie vrij van chemicaliën?

'Even wuiven met z'n allen,' zegt de oude controlfreakette tegen zoon en schoondochter, hard genoeg voor de microfoon om het op te vangen. En ze wuiven.

De prins met zijn hoofd als een drooggekookte aardappel. Kartoffelsalat, daar heb ik trek in, honger als een gek. Hij stamelt iets als 'Lieve moeder', beweegt houterig zijn bovenlijf, '...drieëndertig bewogen en bevlogen jaren...' – welk platgepureerd brein heeft deze smakeloze smurrie van woorden op papier gezet en waarom tekent Jan Klaassen op de

Dam, nog geen vijftig meter verwijderd van de plek waar elke zondagmiddag de traditionele poppenkastvoorstelling plaatsvindt, geen protest aan, hij is toch de koning? 'Ik wil dit verdomme niet zeggen, mam', maar nee: '...intens, intens dankbaar zijn'.

Zou die hark in staat zijn tot dezelfde frivole praktijken als zijn grootvader?

Zou hij die manisch grijnzende Katrijn, daar aan de andere zijde van zijn moeder, wel eens zo spuugzat zijn geweest dat hij zonder er een seconde over na te denken de wijk nam naar een geheim neukstertje, zoals jij, mijn koning, naar mij kwam? Want Göttingen was een eenmalige uitzondering. Terug in Amsterdam durfde je zelfs een hotel niet aan. Eén keer heb ik je laat op de avond, vlak voordat het universiteitsgebouw dichtging, op je werkkamer bezocht en vreeën we op jouw bureau, ik wijdbeens met mijn billen op het tafelblad, jij met je broek op je schoenen op de plek waar zich normaal een bureaustoel bevond. Maar het maakte je te nerveus, je was bang dat iemand ons zou betrappen, mij zou zien lopen, vragen zou stellen, vermoedens zou krijgen.

Mijn kleine woninkje in de Bethaniëndwarsstraat, daar moest het dan maar gebeuren. Geconcentreerde uren waren het, waarin we nu eens wild en snel neukten, en dan weer traag en met gevoel voor detail vreeën.

Je lul. Langzaam, tergend langzaam bewoog ik mijn hand eroverheen, ik kneep er hard in maar mijn hand gleed soepel omdat ik er telkens op spuugde, op dat harde, dooraderde, kloppende gevaarte in mijn handen. Je kreunde fenomenaal. Precies achter je ballen bevond zich een lichte bolling, als ik erop drukte, steigerde De Lul, ik vond het een leuk spelletje om mijn mond open te houden en dat steigerende beest er dan met zijn kopje precies in te mikken.

En jij, die maar geen genoeg kreeg van dat zuigende middelpunt tussen mijn benen, je wilde ernaar kijken, je wilde eraan likken, je wilde je vingers erin stoppen, je wilde je pik erin, én je wilde het allemaal tegelijkertijd: 'Ik wou dat ik twee hoofden had, dan kon ik je simultaan zoenen en likken en neuken.'

'Hoe is de relatie met je buren?' vroeg je eens, na afloop, een van die eerste keren.

'Heb ik geschreeuwd?'

'Niet zo'n beetje ook.'

Jan Klaassen, doe je het zonder wroeging? Of kun jij het ook niet nalaten te lijden aan dat eeuwige schuldgevoel, het schuldgevoel dat zomaar een coïtus kan interrumperen, en rol je dan ook van je minnares af met de woorden 'Ik kan dit niet meer'.

Hij vond dat hij het zijn vrouw niet kon aandoen, haar zo te vernederen, maar het gebeurde: ze werd als vanzelf belachelijk doordat ze onwetend was. En dan kreeg hij medelijden met haar, en dat was helemaal onwaardig, want zij zat niet op medelijden te wachten, ze wist immers van niks. Het enige waar zij op zat te wachten was dat hij met zijn poten van andere vrouwen zou afblijven.

Weer wordt er gewuifd, wuif-wuif, Beatrix wuift

haar volk ten afscheid, bye-bye motherfuckers, dikke close-up van Katrijn, die de hand van haar schoonmoeder stevig vasthoudt. Emotie. Dit moment gaat straks oneindig herhaald worden, dat weet ik nu al. Het publiek zingt weer: 'Bea bedankt, Bea bedankt, Bea Bea Bea bedankt.' Je moet het je maar allemaal laten welgevallen als statig voormalig-staatshoofd: ze zingen voor je alsof je de eerste de beste voetbalcoach bent. Maar waarom zouden ze ook niet? Het is allemaal Oranje, de verwarring is begrijpelijk.

Het Wilhelmus wordt ingezet, naast mij gaat Iglo pontificaal wijdbeens staan, handen samengevouwen voor zijn kruis, ogen gesloten: een voetballer. Uit volle borst playbackt hij mee.

Maar mijn traanklieren roeren zich, die afvoerbuizen van de emotie laten zich in de war brengen door vage noties als gemeenschapsgevoel en een warmwee gevoel in mijn middenrif. Chemisch of niet, de tranen rollen me over de wangen.

Is het wel ontroering?

EXIT Beatrix.

ENTER de drie prinsesjes.

De menigte is door het dolle heen. Bij de drie meisjes gaat het wuiven nog wat onwennig en het duurt lang, belachelijk lang.

'Is die middelste nou een mongooltje?' vraagt Iglo, aan niemand in het bijzonder. Het levert hem een vuistslag tegen zijn schouder op van Marieke.

'Lompe lul, hou nou gewoon een keertje je kop dicht.'

Maar Siem laat zich de mond niet snoeren. 'Die

dikke is de kroonprinses, toch? Zou die d'r okseltjes al scheren? Ze zijn erg glad.'

Het publiek zingt 'Oranje boven'.

De drie krieltjes en hun ouders blijven wuiven.

Die laatste nacht in Göttingen. De ondraaglijke wetenschap dat ons geluk hierna voorlopig weer ten einde zou zijn, dat we voorlopig niet meer samen zouden slapen, samen wakker worden.

'Waar komt dit vandaan,' fluisterde ik in het donker, 'dit gevoel, dit enorme, grote gevoel?'

'Uit niets zijt gij ontstaan en tot niets zult gij wederkeren.'

'Wat?'

'Het was er gewoon ineens. Zoals de oerknal er was, en vanaf dat moment bestond het universum en het dijde uit, verder en verder en op den duur platter en platter, oneindig plat, tot er uiteindelijk niets zal overblijven.'

'Optimistisch weer, van je.'

En later die nacht kon ik me niet bedwingen en zei ik het, nadat ik tot tranen toe was klaargekomen: IHVJ. De onspreekbare woorden uitgesproken.

En hij zei: niets.

Een lange, ijzige stilte. Het maakte me wanhopig, het maakte me razend.

Ik smeekte hem: zeg dan dat je ook van mij houdt, *zeg het*.

'Dat kan ik niet.'

Wat had ik willen horen?

'Ik ook van jou'?

Dat waren de woorden die hij vast talloze malen

tegen zijn vrouw had uitgesproken. Waarom wilde ik die tot mijn eigendom maken?

'Op dat balkon, dáár zagen we ineens emotie, hè?' zegt Astrid Kersseboom.

5

'Ik denk,' zei Marc Roggeveen met een onbeschaamde blik op zijn horloge, 'dat ik voorlopig voldoende details heb gehoord om een beeld te vormen. Van jouw relatie met deze Arthur, bedoel ik. Als je het goed vindt, wil ik nu graag een sprongetje maken naar het heden. Want daar gaat het om, toch? Je bent vastgelopen in je werk. Je bent depressief, zo noemde je het daarstraks zelf. Hoe ziet dat eruit?'

Wat wilde hij horen? Dat het eruitzag als een zwarte ster? Als een bloedrode pijl?

'Eh... Ik heb verdriet? Heel erg veel verdriet?'

Roggeveen tuitte peinzend zijn lippen, plukte met duim en wijsvinger aan zijn neus. 'Laat ik het anders formuleren. Wat *bood* die relatie jou?'

Zo'n psychiater dacht waarschijnlijk dat mijn schedel vanbinnen eruitzag als een keurig opbergsysteem, met helder gelabelde vakjes: hij hoefde maar de juiste vraag te stellen, of uit het juiste vakje fladderde het juiste documentje met informatie naar mijn bewustzijn.

Ik zei maar wat.

Hanna's Eerste Hypothese: 'Ik begreep hem. Ik had het gevoel dat ik hem begreep. Wat hij nodig had. En dat hij wist wat ik nodig had. En dat we bereid waren elkaar dat te geven. Nee, niet bereid, dat klinkt als een zakelijke overeenkomst. We konden niet anders dan elkaar te geven wat we nodig hadden. Dit gebeurde. Het kon niet anders dan gebeuren.'

Roggeveen: 'Maar het was niet voldoende. Het was niet eerlijk verdeeld tussen jullie.'

Hanna's Tweede Hypothese: 'Ik genoot van het gevoel hem te overrompelen. Met seks. Begrijp je dat?'

'Niet helemaal, vrees ik.'

'Hij was verslaafd aan mij. Zo zei hij dat. Hij kon zich niet bedwingen, hoe hard hij het ook probeerde. En dat gaf mij een gevoel van macht... Of jezus, dat klinkt ook meteen weer heel ziek. Maar dat ik hem via seks... ik weet het niet.'

'Is dat voor jou liefde, dat jij hem in je macht had?'

'Nee, niet de macht op zichzelf natuurlijk, maar het feit dat hij me een goed gevoel gaf over mezelf. Dat ik me begeerd voelde. Je weet toch zelf wel hoe het is om begeerd te worden.'

'Dat weet ik ja.'

'En dat is toch een fijn gevoel?'

'Op zichzelf wel, ja. Maar het gaat geloof ik ook om de context. Hoe zie jij dat? Is enkel begeerte voldoende?'

'Nee, natuurlijk niet.'

'Het gaat om macht.'

'Ook niet, sorry dat ik dat woord heb gebruikt, dat is niet wat ik bedoelde, het is niet alsof ik een soort dominatrix ben die met een zweep klaarstond om hem te straffen als hij vijf minuten te laat bij mijn huis verscheen, dat is het niet. Ik bedoelde... dat het fijn is als je weet dat iemand niet zonder je kan. Dat het fijn is te weten dat iemand evenveel om jou geeft als jij om hem. Begrijp je? Het is fijn om het gevoel te hebben dat je ertoe doet, dat je onmisbaar bent, daar zeg ik toch niets geks mee, of staat dat verlangen tegenwoordig ook al in de DSM als een psychische afwijking?'

Hier schoot Roggeveen in de lach. 'Ik geloof het niet. Volgens mij beschrijf je een heel gezonde behoefte.'

'Dank je.'

'Het is wel een behoefte die voor veel verdriet zorgt als ze niet bevredigd wordt.'

'Tell me about it.'

'Ja, precies. Dus daar moeten we ons op focussen. Jij kreeg een afwijzing te verwerken. Dat is erg, heel erg. En ontzettend pijnlijk.'

'Dat weet ik. Maar weet je... Ik zag die man opleven. Hij was een gevestigd wetenschapper van naam en faam, dat is hij nog steeds, professioneel gezien heeft hij het helemaal gemaakt. Maar dat leven thuis, dat trok hij al jaren niet meer. Hij werd gek van die vrouw, hij was seksueel gezien helemaal doodgebloed. Zijn vrouw, die was versuft door het moederschap. Een verdorde schoot, hij had daar niks meer te zoeken, hij leefde in dat opzicht simpelweg niet meer, hij *wilde* het niet eens meer. En dan kom ik. Ondanks een hoop mannen op de teller nog altijd onzeker over mijn eigen aantrekkelijkheid, niet alleen in uiterlijke zin, maar ook: wat heb ik een man met zo'n enorme intelligentie te bieden? Ik ben wel slim, maar hij was briljant. En dan blijk ik hem iets met mijn lijf te kunnen geven wat al zijn levenskracht terugbrengt. Ik heb hem opgewekt uit de dood, begrijp je? Ze zeggen toch wel eens, en dan trek ik nu dat diepzinnige gezicht van iemand die een Chinees spreekwoord gaat aanhalen, dat als je iemand het leven redt, je dan voorgoed verantwoordelijk bent voor diegene? Dat is ongeveer zoals het voelt: ik ben verantwoordelijk voor hem, ik *voel* die verantwoordelijkheid ook, maar hij heeft me afgedankt. Geen enkel bedankje voor het feit dat ik zijn leven heb gered. En dat doet me twijfelen aan alles, snap je? Was hij wel zo dood als hij beweerde of was dat alleen maar als oppervlakkig compliment aan mij bedoeld? Heb ik hem wel gered? Alles waar ik in dat halfjaar mijn eigenwaarde aan ontleende, is in één klap op losse schroeven komen te staan. En dat is wat me zo verschrikkelijk gek en verdrietig maakt. En ik zie ten eerste niet in waarom dat niet zou mogen, en ten tweede niet wat jij eraan zou kunnen doen, gesteld dát ik jou er iets aan wil laten doen.'

Waar ben je nu? Heb je al een nieuw liefje gevonden, een leuke Amerikaanse studente die alles wat jij zegt 'awesome' vindt? Hoeveel liefjes heb je vóór mij gehad waarover je me niet verteld hebt? Hoe zitten wij met onze vlechtjes aan elkaar geknoopt in jouw herinnering, een knoedel minnaressen, samen één, een troon voor jou, mijn rattenkoning?

'Het spannende aan het cijfer nul,' zei je eens, 'is

dat het zo paradoxaal is: het is tegelijkertijd een getal en het symbool voor de afwezigheid van een getal.'

Het wijnglas, leeggedronken, glibbert uit mijn handen, klettert op de grond. Scherven, herrie, mensen die uiteen wijken. 'Gaat het, Hanna?' Tiets slaat een arm om me heen. 'Moeten we niet gewoon naar huis gaan?'

'Ik wil dóór!'

Ik wéét niet wat ik wil, Hanna-dear. Ja, ik wil jou, maar weet je wel hoe ingrijpend zoiets is als je getrouwd bent en kinderen hebt?

Maar je bent niet gelukkig.

Misschien is dat mijn lot.

Slappe zak. Dat had ik moeten zeggen. Vernedering, wie weet had dát geholpen.

'Ik krijg net een sms'je van een vriend van me,' zegt Siem. 'Of we naar het Waterloo komen. De opkomst is nogal laag, ze willen meer mensen.'

'Welke opkomst?'

Wat me achteraf het meest pijn heeft gedaan is dat je me al die tijd hebt voorgelogen. En dat ik zo stom ben geweest om dat niet te zien. Dat je zei: 'Ik vind je lief', maar wat betekende dat? Was het niet gewoon een stoplap die mensen wier naakte lijven van het zweet tegen elkaar aan kleefden nu eenmaal tegen elkaar zeiden? Had ik er te veel waarde aan gehecht, had ik er onterecht iets definitiefs in gelezen, een verklaring van verbintenis, een document waar ik rechten aan kon ontlenen en dat ik te stom was geweest om de kleine lettertjes te lezen? 'Ik vind je lief.' Ja, dat zal wel, maar 'Ik hou van je' kreeg je je strot niet uit.

'Er is een manifestatie tegen... weet ik veel, tegen de koning of zo. Of tegen de monarchie in het algemeen.'

Geen woning, geen kroning. De strijdkreet van pa & ma. Maar studenten laten zich tegenwoordig gewillig in containerwoningen aan de rand van de stad opsluiten. Die zitten goed, ze klagen niet, de makke lammeren. Woningen zullen vast niet de inzet zijn.

'Laten we erheen gaan,' zegt Siem. 'Misschien valt er wat te rellen. Lachen.'

Op het grote scherm wordt de balkonscène voor de zoveelste maal herhaald. En ineens voel ik het bloed van mijn ouders door mijn aderen kolken, ik háát die walgelijke vertoning daar op de Dam: de rattenkoning en de fascistendochter en de weduwe van de voormalige Wehrmachtsoldaat wuiven nogmaals, nu in slow motion, naar het bijeengeklitte rattenvolk, dat vergevingsgezind, door glamour verblind, terugwuift.

'Ja, laten we gaan rellen,' zeg ik.

'Hè, nee,' zegt Marieke, die zich eindelijk van haar lover heeft weten los te maken. 'Laten we dat feestje nou niet verpesten, dat is zo kinderachtig. Kunnen we niet gewoon met z'n allen naar de Dam? Als we nu vertrekken zijn we ruimschoots op tijd voor de inhuldiging. Hebben we een goed plekkie.'

'Ikke niet, hoor,' zegt Titia. 'Ik ben kapot.'

Ik overwoog wraak, ik overwoog *te gaan rellen*.

Naar de pers te stappen, contacten genoeg. Het verhaal op te hangen dat ik kon bewijzen hoe ik een geheime affaire had gehad met de gerenommeerde wetenschapper Arthur van Heeren. Of hem zien te traceren, dat kon niet al te moeilijk zijn. En van mijn schaarse salaris een ticket naar de VS boeken. Hem stalken en bang maken als dat malle wijf uit *Fatal Attraction*, hem helemaal kapotmaken omdat hij mij nu eenmaal kapot had gemaakt en het niet verdiende in rust te leven, hij verdiende het niet. Maar ook: dat het zinloos was, dat ze daar bij de media, hoe populair en tv-geniek wetenschappers tegenwoordig ook waren, er toch niet op zaten te wachten. En dat ik mezelf er alleen maar mee zou vernederen.

'Ik wil helemaal niet van mijn rouw af,' zei ik tegen Roggeveen, terwijl ik opstond. 'Snap je dat niet? Jij gaat daar zomaar, klakkeloos, van uit. Jij denkt: mensen komen hier omdat ze ergens vanaf willen. Ik wil er helemáál niet vanaf, want dan verlies ik hem. Nóg een keer. En dan vergeet ik hem. Dan raakt hij uit mijn systeem, en ik wil hem juist in mijn systeem *houden*.'

Dit is de judaskus waar het mee eindigde:

Een schijnbaar onschuldige vrijdagmiddag. De brievenbus. Een envelop met vreemde postzegels: Amerikaanse, bij nader inzien. Zijn handschrift, maar dat kan niet. Liefste Hanna-dear. Een nieuwe baan. Harvard. Buitenkansje. Bijzonder prestigieus. Kon het je niet vertellen. Wist dat ik dan. Heb erover gedacht om. Maar ik kon het niet. Beter zo voor ons allemaal. Niet mijn bedoeling om je te. Ook vanwege mijn kinderen is het. Als een verslaafde die er alleen vanaf komt als hij cold turkey. Dat je het begrijpt. Vergeet me. Alle liefs.

'Oké, oké,' zegt Siem. 'Luister. We gaan eerst naar het Waterloo om een potje te rellen, en daarna naar de Dam. Iedereen tevreden, toch? Is dat democratie of wat?'

Een Oranje-gezinde vrouw met kort grijs haar zegt in de NOS-microfoon: 'Ontroerend. Je bent je koningin kwijt, maar je krijgt er ook wat moois voor terug.'

Het enige wat ik van hem had: een paar niet ondertekende briefjes, wat bonnetjes van de restaurants waar we gegeten hadden. Die fles Liquor 43. Een flyer van het congres in Göttingen. En zijn mosgroene brogues, besmeurd met versteende chocolade. Stomdronken knielde ik en rook eraan, zoende ze, likte eraan, likte de bitterzoete chocolade eraf tot ik moest overgeven.

MIDDAG

Ik keek tussen de mannen door naar de brug, waar de laatste ME'ers met gehavende schilden en uniformen een goed heenkomen zochten in de halfvernielde busjes. Het brugdek stroomde vol mensen en de stenenregen werd dichter dan ooit. Het was het geluid van zware hagel, maar dan nog eens oneindig versterkt... Het plein liep leeg: drommen mensen trokken juichend de Blauwbrug over naar de Amstelstraat. 'Hekken weg van de Dam...!' hoorde ik nog roepen – maar ik merkte dat ik niet echt meer geïnteresseerd was.

– A.F.Th. van der Heijden, *De slag om de Blauwbrug*

I

Het is druk op het water van de Oudeschans. We bevinden ons in een langgerekte vloot van ziel-loze yuppensloepen, gezellige motorkruisertjes, jarentachtigwitte jachten waarop bruingeblakerde pensen in de zon liggen te glimmen alsof het hoog zomer is, een enkele gefrustreerde speedboot, ver-roeste metalen bakkies die eruitzien alsof ze elk mo-ment kunnen zinken. Een grote, gele klomp drijft voorbij, vier man aan boord.

De overgang van nacht naar dag was een harde. In de duistere onderwereld van dat technofeest drong niets van buiten door dan de tv-beelden van de Dam: het plein was overgoten met daglicht, maar dat was op tv, dus niet echt. Pas bij het verlaten van de oude loods drong de werkelijkheid door. De zon scheen zelfs, de industrieel-kille Cruquiusweg kreeg er bij-na iets idyllisch van.

Op een grote dekschuit staan zeker vijftig mensen hutjemutje te dansen op afgeprijsde Eurohouse die door een gelegenheids-dj met een botverkruimelend volume uit de geluidsinstallatie wordt geblazen. Het tafereel roept de associatie met de botenparade van de Gay Pride op, alleen is nu niet roze maar oranje de voertaal. De opvarenden dansen met de blik naar buiten gericht, naar het toekijkende volk op de kades en op de andere boten, vrouwengejoel, mannengebrul, wapperende handjes in de lucht, ze zwaaien alsof ze de koninklijke familie zelve zijn, kijk ons, kijk ons. Iederéén staat vandaag in het middelpunt van de belangstelling.

Denk ik terug aan Koninginnedagen van weleer, dan zie ik mezelf als onderdeel van het feest, het onbekommerde drinken en oude meuk kopen en om de zelfgeknutselde attracties van de creatievelingen lachen en bijna huilen bij de aanblik en aanhoor van een klein meisje dat met verbeten blik valse tonen uit haar mini-viooltje scheurt. Die vreugde, hoe herwin ik die? Nergens kan een mens zich zo eenzaam voelen als te midden van heel veel andere mensen.

'Een vriendin van mij,' zegt Iglo, onvermoeibaar puttend uit de eindeloze stroom uitnodigingen die via zijn telefoon tot hem komt, 'is vandaag een veertien uur durende tv-marathon aan het houden. De complete live-verslaggeving van de NOS wil ze uitzitten. Zullen we daar straks heen? Om bij te komen? Om het af te ronden?'

In een schotschrift van Arthur van Heeren staat geschreven: 'Zelden smaakt eenzaamheid beter dan wanneer je als eenling door een massa waadt die zich debiel gedraagt. En ik hoor u al tegensputteren: wat een elitaire houding! "Elitair": het machteloze adjectief van hen die in de misvatting verkeren dat de schone dingen des levens je moeten komen aanwaaien. Dat je er geen moeite voor hoeft te doen. Dat kunst iets is wat voor iedereen direct en zonder inspanning toegankelijk moet zijn, zoals de kanalen van de televisie dat zijn. Dat medium vat het mooi samen: "Lekker een avondje ontspannen voor de buis hangen." Terwijl niets de mens zo loom-geagiteerd maakt als urenlang passief naar de verrekijk staren.'

'Ik weet het niet,' zeg ik tegen Iglo. 'Laten we voorlopig eerst maar eens zelf poolshoogte nemen.'

'Sporters,' zo staat het geschreven bij Arthur van Heeren, 'weten waar ik het over heb als ik zeg dat juist de inspanning van het sporten zorgt voor een intense en weldadige ontspanning die paradoxaal genoeg gepaard gaat met hernieuwde energie. En wie niet sport moet maar eens aan de liefdesdaad denken: bestaat er een sterker besef van levenskracht dan in de gelukzalige ontspanning van het postcoitum? Natuurlijk, de breinologen zullen met endorfinen en andere aangeboren chemicaliën aan komen zetten. Maar in mijn visie bestaat er ook zoiets als endorfine voor de geest. Die week je alleen los door intense geestelijke inspanning.'

Hij schreef het of hij zei het, dat weet ik niet meer. Zijn gesproken referaten waren even hoogdravend van toon en even barok geformuleerd als zijn geschreven woorden. En ik genoot van die woorden, in welke vorm ze ook tot me kwamen. Ik liet me er graag door imponeren. Het maakte niet uit hoe vaak hij zijn tirades herhaalde, hij mocht mij als oefenpubliek gebruiken, en als ik soms wel eens spotte met zijn herkauwen, dan citeerde hij Gerard Reve: wie moest hij anders herhalen dan zichzelf? Mij maakte het niet uit: hoe vaak hij zichzelf ook herhaalde, ik moest altijd lachen wanneer hij zich zo welbespraakt kwaad maakte over de mensheid. Ik hield van zijn woede, het nauwelijks verhulde genot waarmee hij fulmineerde.

Het moet een uur of één, half twee zijn als we eindelijk aanmeren bij het Waterlooplein. Ik voel een lichte spanning: dit is de heilige grond van mijn ouders. Papa heeft me op YouTube wel eens de beelden laten zien van toen: de Stopera bestond nog niet, het plein was een braakliggende woestenij die speciaal aangelegd leek voor een veldslag. Niets doet daar nu aan denken. Ik zie geen rook, hoor geen sirenes, geen strijdkreten.

Papsie probeerde op het YouTube-filmpje hardnekkig zichzelf te identificeren, maar we zagen hem niet in die chaos van rookwolken uit brandende barricades, de slagregen van losgewrikte straatstenen, de wanorde van een leger zonder aanvoerder. Hij was er toch echt bij geweest, verzekerde hij mij, en mams ook. Ik geloofde het zonder meer. De waarheid deed er ook eigenlijk niet toe.

Ons gezelschap heeft opnieuw een metamorfose doorgemaakt: onderweg hebben we een doodvermoeide Titia gedropt in de buurt van haar huis, de snuifvriendjes van Iglo zijn op het technofeest achtergebleven, evenals de verongelijkte Car en haar vriendinnen. Zelf dacht ik er nog over om Marvin mee te vragen, dat kusje voor de pijn, maar toen ik hem na enig zoeken getraceerd had, bleek hij te staan tongen met een ander. Zo makkelijk gaat dat.

Joris en Anne, die ik tot nu toe nauwelijks gesproken heb, zijn nog wél van de partij, maar lijken in een eigen wereldje verzeild, net als Marieke en haar tietenfotograaf.

'Al die coke over,' zei Iglo, 'wil jij niet wat, Henkie?' En dus stippelde hij met zijn pinpas een lijntje voor me uit, en inmiddels zou ik me dus weer kwiek moeten voelen, maar bij het beklimmen van de kade van het Waterlooplein voel ik de zwaarte in mijn benen. Mijn hoofd is helder, mijn benen dragen de vermoeidheid.

Wij, de overgeblevenen, bewegen ons over het plein als spoken die zich in de tijd hebben vergist, het middaguur voor middernacht hebben aangezien. We zien bleek, de anderen bedoel ik, en ik zal er zelf wel niet veel gezonder uitzien. Angstige witte konijnen met rode ogen.

Het staat geschreven, denk ik bij mezelf, en ook: goeie vorm. Nu nog een toehoorder.

Er is een podiumpje opgericht naast de Stopera, een clubje grijsharige troubadours staat treurige hippiemuziek te vertolken. De bandleden dragen dezelfde handbeschilderde T-shirts waarop staat: 'The Velvet Assholes'. Ze spelen 'For the times they are a-changin''. Niet dus. De tijden zijn al lang geleden veranderd, vogels, en jullie waren te stoned om het op te merken.

Verspreid rondom het podium: hooguit enkele tientallen demonstranten en zeker evenzovele afgezanten van de pers, die hier natuurlijk hoopten gruwelijke oorlogstaferelen te kunnen schieten en verslaan, maar ze komen niet veel verder dan wat sfeertekening.

Over een dranghek is een doek gespannen waarop staat: IK WILLEM NIET, voorzien van een schematisch tekeningetje van een poppetje dat een oranje kroon in een prullenbak werpt. Elders wordt het gehate Koningslied geparodieerd, met een bord dat meldt: DE REPUBLIEK DIE JE WIST DAT ZOU KOMEN. We passeren twee mannen die een spandoek vasthouden met de tekst: 1980 WAS VEEL LEUKER, en zo kijken ze er ook bij. Op het plein heerst een landerige sfeer, het verzamelde zooitje ongeregeld straalt vooral nostalgie uit. De nostalgie van mijn ouders. De nostalgie die stelt: het is goed om te rellen, gewoon omdat het kan, omdat we het *toen* ook deden.

Een roedeltje agenten staat zich zichtbaar te vervelen, zelfs hún zie je denken: 1980 was veel leuker.

Afgezien van de waterige samenscholing is het plein leeg. Geen markt vandaag, enkel de gesloten loodsjes waar de kooplieden hun waren in opgeslagen hebben. De laatste keer dat ik hier was, struinde ik samen met Arthur langs de kraampjes op zoek naar verkleedspullen voor een feest met zigeunerthema, bij Merel thuis. Voor hem kochten we een wijd wit hemd, dat hij, zo stelde ik me voor, tot op zijn buik opengeknoopt zou dragen. 'Maar ik heb geen borsthaar, dat ziet er niet uit,' stribbelde hij tegen. Ik kocht een zwartepietenpruik en knipte de krullen eraf, die ik vervolgens op zijn borst plakte met grimeurslijm die ik nog had staan van een vorig themafeest bij Merel. We kochten wel tien oerlelijke kettingen, ik vond een setje gigantische oorringen.

Arthur zou je hier niet aantreffen. Een woedend opiniestuk konden ze krijgen in een landelijk dagblad, maar mooi niet dat hij dit gezelschap van losers zou opwaarderen met zijn aanwezigheid.

'Ha, daar zijn jullie!'

Een spillebenerige knaap met een stem die veel dieper klinkt dan zijn iele lijfje lijkt te kunnen voortbrengen, heet ons welkom. Hij stelt zich voor als Luuk, het is de vriend van Iglo die ons per sms heeft gesmeekt te komen. Een intrigerende kop, dat zie ik meteen: ingevallen wangen, een veganistische teint, rossig haar: een zelfportret van Vincent van Gogh.

'Wat een dooie boel hier, man,' zegt Iglo.

'Ja, het is verschrikkelijk. Dit is de mentaliteit anno 2013 in Nederland. Liever een feestje bouwen dan je democratie onderhouden.'

Ik snap zijn teleurstelling wel. De opkomst is droef, en de wél aanwezigen zijn nou niet bepaald types waar je de oorlog mee wint. Het is dan ook een oneerlijke strijd. Op de Dam prijkt een fonkelende suikertaart, bulkend van de duurste ingrediënten, bereid door meesterbakkers volgens eeuwenoud, ambachtelijk recept. En wat hebben we hier? Een amateuristisch in elkaar gedraaide, grijze pudding waarin harde klontjes pragmatisme, verongelijktheid en politieke theorie drijven, opgediend op een tweedehandsplein waar de vlooien huizen.

Kansloos.

Ironisch genoeg is ook het ideaal van de demonstranten, net als van de royalisten op de Dam, een sprookje: het sprookje van een rechtvaardige wereld waarin alle rijkdommen eerlijk verdeeld zijn. Waarom ze hier met zo weinigen staan, is omdat ze denken dat hun boodschap op zichzelf voldoende is. Ze weigeren die als sprookje te formuleren, maar het volk wil een prins en een prinses, geen Internationale Socialisten met stinkende honden en stencilpamfletjes waar je vieze vingers van krijgt.

De coke verleent me heldere gedachten, maar blijkt niet in staat mijn mond aan te drijven om ze uit te spreken. Ik blijf zwijgen, tanden opeengeklemd.

'Maar waar zijn jullie spandoeken?'

'Hebben we niet.' Iglo slaat zijn armen uiteen, alsof hij bereid is zich te laten fouilleren. 'Sorry.'

'Dit schiet toch niet op, man. Wat heb ik nou aan jullie?'

'We komen van een afterparty, dude. Wisten wij veel.'

'Ja, dit bedoel ik dus, hè. Fun gaat tegenwoordig boven alles, terwijl hier fundamentele kwesties spelen, snap je dat niet? Onze rechtsstaat wordt uitgehold.'

Het lukt me om toch wat woorden naar mijn mond te sturen: 'Zolang jij dat hier hardop kunt zeggen, terwijl er twee meter achter je politieagenten staan, valt dat denk ik wel mee, Luuk.'

Het was een briljante zet van het gemeentebestuur van Amsterdam. Weken voor de inhuldigingsdag kondigde burgemeester Van der Laan aan dat er – uiteraard! – gedemonstreerd mocht worden. Op zes van tevoren door de gemeente aangewezen locaties, waaronder het Waterlooplein.

Ik vraag me af hoe de stenen- en rookbommenwerpers uit de tijd van mijn ouders gereageerd hadden als ze destijds door de ME met open armen ontvangen waren, daar op die Blauwbrug. 'Iedereen mag z'n mening geven' – hoe impotent kun je je tegenstander maken?

Iglo stapt op Luuk af, slaat twee armen om hem heen en drukt hem dicht tegen zich aan. 'Relax, jongen. Relax gewoon even. Wees een kerel, geef je verlies toe. De mensen willen geen republiek, ze willen een monarchie. Dan kun je schermen met "democratie" en "rechtsstaat" wat je wil, maar elk volk krijgt... elk volk krijgt... hoe ging die shit ook alweer...'

'De leider die het verdient, ja,' zegt Luuk, terwijl hij zich los worstelt. 'Fuck you. M'n hele fucking dag naar de klote.'

Hij opent zijn schoudertas, haalt er een rechthoekig mapje uit. 'Weet je wat ze hebben geflikt? In dit zogenaamd zo vrije land? Ze hebben twee van onze mensen gearresteerd. Op de Dam. Vanochtend.' Als hij het mapje openklapt, blijkt het een iPad te bevatten. In de schaduw van de Stopera laat hij ons een filmpje zien. 'Het boegbeeld van de republikeinse protestgroep "Het is 2013",' zegt een commentaarstem, 'de studente Joanna, is tijdens de abdicatie van Beatrix verwijderd van de Dam. Ze zou gearresteerd zijn. Samen met medestander Hans Maessen van het Nieuw Republikeins Genootschap demonstreerde ze tegen de monarchie. Ook hij is van de Dam verwijderd.'

Beelden tonen hoe eerst Maessen meegevoerd wordt. Hij stamelt nogal onbenullig: 'We moeten weg... waarom? Waar is onze vrijheid van meningsuiting nou?'

De camera verplaatst zich naar Joanna die een bordje in de lucht houdt. Alleen de achterkant is te zien en meldt: FUCK THE INTERNATIONAL OIL MAFFIA.

Het ontgaat me wat de oliemaffia, zo die bestaat, met het koningshuis te maken heeft, maar misschien zijn er allerlei wereldwijde complotten gaande waar ik geen weet van heb. Buiten beeld klinkt een plat sprekende Amsterdammer: 'Pleur op met dat bordje.'

'Noord-Korea!' gilt Joanna terwijl ze wordt afgevoerd, en op dat moment klinkt er luid applaus en gejoel, want op het grote scherm heeft Beatrix zojuist de akte van abdicatie getekend.

'Noord-Korea,' durf ik. 'Is dat niet een beetje overdreven?'

'Ze worden gearrestéérd voor het uiten van hun mening!' Luuks stem slaat over van verontwaardiging.

'Ja maar, kom op! We leven toch echt in een heel andere situatie dan Noord-Korea. Het is bijna respectloos om daar een vergelijking mee te trekken.'

Woest klapt Luuk het mapje van zijn iPad dicht. 'Laat maar.'

'Zullen we gewoon naar de Dam gaan?' zegt Marieke ineens. Haar lover – hoe heet die gozer eigenlijk? – staat een halve meter achter haar, bescheiden wachtend tot hij opnieuw zijn tong in haar mond kan duwen. 'Dit is zo... pathetisch. Laten we gewoon feest gaan vieren. Ik wil die inhuldiging zien en het is al bijna twee uur.'

'Mij krijg je daar niet mee naartoe,' zegt Luuk, 'naar dat open gesticht.'

'Wie zegt dat ik jou mee wil hebben?'

'Jongens, jongens,' komt Siem tussenbeide. 'Als jullie tweeën al niet door één deur kunnen, hoe kun je dan verwachten dat monarchisten en antimonarchisten in het algemeen elkaar ooit zullen vinden? Kom, we gaan gewoon met z'n allen. Niet lullen.'

'Peoplezz,' zegt Joris, van wie ik dacht dat hij op de boot was achtergebleven met Anne. Hij tikt op zijn horloge. 'Het is vijf voor twee. Gesteld dat er nog plek is op de Dam – wat ik betwijfel – dan kunnen we daar nooit op tijd zijn. Laten we een cafeetje zoeken.'

Ik stel Lucifer voor, vijf minuten lopen, bij grote drukte misschien tien. Het café beschikt over een groot plasmascherm dat bij belangrijke sportevenementen altijd wordt ingeschakeld. En tot nu toe heeft alles er vandaag op gewezen dat we in feite met een soort sportevenement van doen hebben.

'Kom mee,' zegt Siem tegen Luuk. 'Drinken we gewoon een biertje om de ellende te vergeten. Wat moet je hier nou nog?'

En zo zet ons immer van samenstelling veranderende gezelschap zich in beweging, in de richting van de Blauwbrug, waar veel volk overheen loopt, maar waar niemand met stenen of rookbommen smijt.

2

Voorbij de Blauwbrug ligt de hel. De hel is: overdondering. De hel is een mengsel van alles door elkaar, waardoor niets meer te onderscheiden is. Herrie, stank, lelijkheid en ongewenste aanrakingen. Vanuit de Amstelstraat zweven witgrijze wolkenvelden ons tegemoet met de geur van geblakerd vlees waarin bacteriën liggen te broeien, klaar om feestvierders een plezierige kotsbui of een gezellige aanval van diarree of allebei te bezorgen. Joris roept dat hij wel zin heeft in een kapsalon, en ik ben zo stom te vragen wat hij bedoelt, zijn haar zit prima, en hij roept uit: 'Ken je dat écht niet?' en dan legt hij uit dat een kapsalon een portie shoarma is met friet eroverheen en dat dan weer overdekt met gesmolten kaas en – om het geheel de schijn van gezondheid te verlenen – een handje ijsbergsla. En hoewel ik daarstraks nog honger had, voel ik mijn maag nu wankelen, ik zeg dat hij zijn mond moet houden, hij lacht de pesterige lach van mensen die een manier gevonden hebben om een ander misselijk te krijgen, en hij begint te vertellen over een snacktent in Den Haag waar je de meest uitzinnige frituurgerechten kunt krijgen, hij beschrijft de Knots ('een frikandel in een opengesneden kroket geschoven'), en de Halter ('een frikandel met over beide uiteinden een halve kroket') en handenwringend komt hij met de klapper: het Patatje Massagraf ('Een frikandel, een kroket en een kipcorn, met shoarma eroverheen, en dat dan toegedekt met patat').

'Hou op!'

'En als je een broodje kroket bestelt, vraagt die kerel: "Broodje meefrituren, meneer?" En dat doetie dan ook echt. Zo'n zompig, zacht kadetje, doordrenkt van frituurvet, kun je het je voorstellen? Hoe dat smaakt? Hoe dat voelt, op je tong?'

Ik blijf even stilstaan en onmiddellijk wordt de leegte die ontstaat tussen mij en Joris, die doorloopt, opgevuld door andere mensen, alle vrije ruimte wordt ingekleurd met de enige kleur die deze dag tolereert: oranje.

Nu loop ik naast Luuk, die zwijgend en met mismoedig gezicht naar de grond staart. Nog iemand die de wereld zou willen uitbannen, zij het om een totaal andere reden dan ik. We lopen, al is lopen sterk uitgedrukt: wezenloos klost en schuifelt het volk voort, voetje voor voetje, als bedwelmd door een onzichtbare rattenvanger van Hamelen, het is: elkaar verdringen, het is: je bovenarmen als stootwillen gebruiken, blik gericht op de andere leden van je gezelschap want voor je het weet ben je ze kwijt, mijn telefoon is uitgevallen, het is warm en ik heb dorst, de zon is inmiddels gaan schijnen, het is zowaar voor het eerst dit jaar mooi weer maar ik voel me vies in deze beknellende hitte, zweterig, plakkerig, een nachtdier verdwaald in de wereld van het daglicht en een vaag soort existentiële angst bekruipt me, de angst die je kunt voelen als je aan de weidsheid van het universum denkt, al die mensen, zoveel mensen, duizenden in een oogopslag, het beestachtige van een kudde, en ik vraag me af of *hij* hier rondloopt, ergens in de stad, ergens tussen de mensen, een doodkalm oog van de orkaan, of heeft hij zich teruggetrokken in zijn hok, vloekend om de verstoring van zijn concentratie, met de oranje oorbeschermers op die hij ooit op een bouwplaats vond, oranje ja, tegen wil en dank, en daar is weer die schroeilucht van eetkraampjes, en ik wil een sigaret om een andere walm te ruiken dan deze, maar het pakje is leeg, het moet al voorbij tweeën zijn, die inhuldiging kunnen we op onze buik schrijven, of hoe lang duurt zoiets?

Op de gracht heerst vrijmarkt. Kleden en zeilen bedekt met de onvermoede troep die de rest van het jaar verborgen ligt in kelders en op zolders. Lijstjes die ooit foto's van geliefden bevatten. Servies waar mensen van gegeten en uit gedronken hebben tot ze ander servies vonden, kleding doordesemd van de geur die elk huishouden uniek maakt, stripboeken, tijdschriften, kandelaars, geluidsapparatuur die nog nooit van mp3 heeft gehoord, schemerlampen, verwaarloosde muziekinstrumenten, speelgoed dat jarenlang tevergeefs heeft gewacht op een jonger broertje of zusje, en Luuk zegt misprijzend:

'Zie hier de achterkant van het kapitalistische tapijt.'

En het enige wat ik terug kan zeggen is: 'Je klinkt als mijn ouders.'

'Lijken me leuke mensen. Wanneer mag ik ze ontmoeten?'

'Donder op.'

En voor het eerst zie ik hem lachen, deze verbeten actievoerder, en voor het eerst meen ik interesse in zijn gezicht te bespeuren voor iets anders dan de strijd tegen het koningshuis.

'Kijk, zie je die barbiepoppen daar? Mocht ik als kind niet mee spelen.' Waar komt dit vandaan? Waarom vertel ik hem dit? 'Verderfelijke invloed van het kapitalistische Amerika dat bovendien ook nog eens een onhaalbaar schoonheidsideaal in de hersentjes van de kleine prinses probeerde te wassen. Lego gaven mijn ouders me, dat was degelijk Deens, en je stak er nog wat van op ook, qua ruimtelijk inzicht en mechanische kennis. Handig voor later, zullen ze wel gedacht hebben, als je nog eens een kraakpand moet verbouwen.'

Als ik bij vriendinnetjes speelde, waren de Barbies natuurlijk het eerste waar ik naar greep. Hele verhalen verzon ik eromheen, elke keer bedacht ik een nieuwe romance tussen Barbie en haar Ken, ze maakten in een roze cabriolet romantische ritjes over kronkelende bergwegen, langs hagelwitte zandstranden, door pittoreske dorpjes. En dan, in hun roze bungalow aangekomen, liet ik ze elkaar ontkleden, tot die onbestemde geslachtsregio's te zien kwamen, een vleesbobbel bij K., een vage curve tussen de draaibare pootjes van B. Wat was ik verliefd op die *Bold and the Beautiful*-kop van Ken. Wat een roze-zoete fantasietjes over de liefde wekte hij in me op, verboden fantasietjes, mijn prille geweten gromde met de stemmen van mijn ouders, verboden maar juist daarom des te spannender.

'En weet je wat het gevolg is? Dat ik nu, als vijfentwintigjarige volwassen vrouw, nog steeds met een begerige blik naar die afgedankte poppen kijk en denk: zal ik ze kopen?'

In café Lucifer heerst een weldadige rust. Tien mensen hooguit, voornamelijk personeel, hebben zich in een kring rond het grote plasmascherm geschaard waarop de nieuwe koning bezig is aan een speech die al even ongeïnspireerd en vlak klinkt als de woorden die hij eerder vandaag uitkraamde, daar op dat balkon. Kartoffelsalat.

'Godverdomme,' zegt Marieke, 'het is al begonnen.'

Iglo vraagt wat we willen eten, mijn ingewand is nog aan het bijkomen van de stank op straat, maar hij zegt: 'Na alles wat we vannacht en vanochtend naar binnen hebben gegoten moet je echt iets eten, Hanna. Anders red je het niet.'

Wat niet? Wat valt er nog te redden?

'Ik bestel gewoon een uitsmijter voor je. Wedden dat je ervan opknapt?'

'...was u op de meest liefdevolle wijze een betrouwbare steun voor ons allemaal.'

– Wat zegt-ie?

– Hij heeft het tegen zijn moeder.

– Hoezo 'ons allemaal'? Speak for yourself, Willy.

– Hoor je dat plakbekje, hij is zenuwachtig, hè?

– Jongens, even stil, ik probeer...

– Voor mij een biertje graag.

– Krijgen we een traan, krijgen we een traan? Nee, niks. Dat ouwe reptiel blijft onder de 36,5.

– Mogen we hier roken?

– Stil nou even.

'Ik kan het niet aanzien,' zegt Luuk, die rechts van mij aan onze tafel is geschoven. 'Wat een farce! Dat onze volksvertegenwoordigers, mensen die in alle eerlijkheid een plekje in de Eerste of de Tweede Kamer hebben bemachtigd... dat die daar nu door het stof liggen te gaan voor die stoethaspel, die fascistenzoon, dat leeghoofdige stuk – '

'Stel je nou niet zo aan, man,' zeg ik. Misschien is het een uitloper van de xtc, maar ik voel ineens heel veel medelijden met die jongen. Ik sla mijn arm om hem heen, en zeg wat ik eerder al dacht: 'Luuk, je strijdt voor een goede zaak, echt. Maar je moet aan je methode werken.'

'O, wat? Heb jij communicatie gestudeerd of zo?'

'Weet je wat jouw probleem is? Je hebt geen fantasie. Terwijl het enige wat we hebben in dit leven, de fantasie is. Neem jouw republikeinse ideetjes. Wie zegt dat die zo goed zijn? Jij wil pure democratie, maar de democratie die we hébben, heeft verordend dat het volk een koningshuis wil, en jij kunt je daar niet bij neerleggen. Hoe democratisch ben je dan?'

Is dit een redenering? Of zit ik mezelf klem te lullen?

'Je vergeet één dingetje. Dat het volk makkelijk beïnvloed kan worden. Dat is waar de Oranjes met al hun geld gebruik van hebben gemaakt. Ze hebben de sympathie van het volk gekocht met die olijke handenwapperaar, hoe heet ze, Máxima. Die vrouw is een hoer. Een goedbetaalde marionet van de promotiemachine der Oranjes.'

'Je doet me denken aan een voormalige geliefde van mij. Dat was een schrijver. Weet je wat die zei? Dat was een schrijver van moeilijke, literaire boeken, hè. Literair met een hoofdletter. En die zei dat het een schande was dat zoveel mensen de boeken van Kluun en Saskia Noort en, noem nog eens wat, die shit van E.L. James lazen, je weet wel, dat wijf van die *Fifty Shades of Grey*-trilogie. Hij meende dat die stakkers geïndoctrineerd waren door de marketingmachine van uitgeverijen met het idee dat "makkelijke" literatuur *goed* was.'

Het staat geschreven: hoe hij kankerde op tv-programma's waarin enkel schrijvers mochten aanschuiven die tóch al goed verkochten. Hoe hij kankerde op blurbs: 'Ik ga me toch niet verlagen door een of andere popie-jopie collega te vragen iets positiefs te zeggen over mijn nieuwe boek? Dat slaat toch nergens op!' Hoe hij kankerde op literaire avondjes: 'Schrijvers zijn geen cabaretiers. Als ik op een podium had willen staan, had ik een ander vak moeten kiezen. Een schrijver moet zich terugtrekken in zijn hol, in het verborgene werken aan zijn kunst.'

'Wat zag je in godsnaam in zo'n zeikerd?' vraagt Luuk.

'Wat ik ook in jou zie: iemand die weet wat hij wil. Iemand die ergens van overtuigd is. Kom daar nog maar eens om, *these days.*'

'Kijk,' zegt Luuk, 'ik mag misschien rechtlijnig zijn... maar in essentie is het probleem dit: ik snap het gewoon niet. Ik snap niet dat mensen vrijwillig knielen voor zo'n vent.'

'Ik wel.'

'Ja?'

'...hoe verschillend onze dromen en overtuigingen ook mogen zijn, waar onze wieg ook stond, in het Koninkrijk der Nederlanden mag iedereen zijn stem laten horen en op voet van gelijkwaardigheid...'

– Ja, behalve de twee mensen op de Dam die gearresteerd zijn.

– Sshhht!

– Man, ik ben kapót, wat een nacht...

– Wat sshhht? Ben jij van de RVD of zo?

– Hou nou gewoon eens je muil, Luuk. Kijk dan niet, als je het zo verschrikkelijk vindt.

– Die jurk van Máxima is wel echt wáánzinnig, hè.

– Zie je, zo gaat het. Zo wordt je in dit land de mond gesnoerd als je een kritisch geluid laat horen.

– Doe er voor mij maar een jonge bij, nu ik er zo over nadenk.

Wat jij niet begrijpt, Luuk, is dat het lekker kan zijn om je over te geven aan een machthebber. Ik wist zelf niet eens waarom ik het deed, maar ik bood me aan hem aan. Ik ging aan hem hangen. Hij was mijn heerser.

'In het begin... dat moet je begrijpen, Luuk...' Mijn

stem klinkt vreemd, of mijn oren doen het niet goed meer. Praat ik te traag of te snel? Te hard of te zacht? 'In het begin was hij een en al aandacht. Zo doen ze dat blijkbaar, die schrijvers. Alles in zich opnemen, en als ze genoeg stof hebben verzameld, danken ze je af alsof je een knipselmap bent die ze alleen even nodig hadden om wat feiten te checken.'

Sprookjes. Je moet het zo zien: Arthur, mijn schrijver, las me een sprookje voor over een koning die moest vluchten uit een ver land genaamd Zembla. De gevluchte koning vond in een ander sprookjesland, dat veel weg had van Amerika, een baantje als docent aan een universiteit. Hij leerde een groot dichter kennen, hij vertelde aan de dichter zijn persoonlijke geschiedenis, de dichter schreef er een episch gedicht van 999 regels over. Toen werd de dichter vermoord door een huurling uit het sprookjesland van de gevluchte koning, die de twee per abuis verwisseld had. Waar of niet waar? Volgens Arthur: niet waar. Volgens hem had de dichter de koning verzonnen, en stond diens 'verloren paradijs' Zembla symbool voor iets wat de dichter zélf was kwijtgeraakt: zijn dochter. Waar of niet waar?

Sprookjes zijn nooit mooi, ze hebben altijd een rafelige onderkant. In mijn sprookje was ik een prinses die enige bekendheid genoot als literair journaliste, want zo gaat dat tegenwoordig: prinsen en prinsessen hebben normale banen. En de prins was schrijver. En de journaliste werd gevraagd om een literair avondje voor te zitten in een bibliotheek, en de schrijver te interviewen. De schrijver was onwillig vanwege zijn principes maar gewillig vanwege zijn ijdelheid. En na afloop zei hij tegen de prinses dat hij zin had om haar mee te voeren naar zijn paleis en haar alle plooien van zijn goudbestikte lakens te laten zien. En de prinses moest lachen om zijn bravoure en ze liet zich door hem schaken, per koets stoven ze naar zijn landgoed. Er was eens –

'...zo waarlijk helpe mij god almachtig,' zegt de koning, met de vingers van zijn rechterhand tot een omhoog gericht pistool gevormd.

– Pang!

– Als de hulp daarvandaan moet komen, kun je lang wachten.

– Verpest het moment nou niet.

– Ik dacht dat we in Nederland scheiding van kerk en staat hadden.

– Wat is dat voor kutmuziek?

– De staat *zit* momenteel in een kerk, dus wat zeik je nou?

– Dat is Bach, barbaar.

Ik probeerde zijn 'hol', zoals hij het zelf noemde, te ontcijferen. De knipsels die hij op het prikbord had hangen. Foto's van lang geleden op een ander prikbord: waarom *die* foto's en geen andere? Uitpuilende boekenkasten, stapels boeken op de vloer, kisten vol oude manuscripten. De grote, antiek aandoende schrijftafel, met de keurige stapels documentatie, de archiefmappen met labels als 'Versie 3.2', de potjes inkt, een collectie vulpennen, naslagwerken, een driedelige *Van Dale*. Een volstrekt monomane inrichting: alles gericht op het produceren van literatuur. Zelfs de badkamer maakte onderdeel uit van zijn meesterplan, legde hij uit. Hij gebruikte de douche niet om lichamelijk schoon te worden, dat was een leuke bijkomstigheid, maar om zijn geest te ledigen en nieuwe ideeën op te doen. Als na een paar uur schrijven in de ochtend 'de sappen' begonnen op te raken, nam hij pas een douche. Hardlopen deed hij ook. Niet uit sportiviteit, maar puur en alleen om in conditie te blijven, en opnieuw: om zijn geest te 'reinigen'. Drie keer per week, altijd op hetzelfde tijdstip, even gestructureerd en rigide gepland als al het andere wat hij deed.

Iglo, links van mij, werpt me een meewarige blik toe. Heeft hij iets gehoord van wat ik gezegd heb? Kan bijna niet. Er is zoveel gekwebbel in het café, het geluid van de tv staat hard, en ik fluister, ik heb gefluisterd.

Héb ik gefluisterd?

De voorzitter van de vergadering is bezig aan een toespraak die door hetzelfde muizige ambtenarenapparaat lijkt opgesteld als die van de koning: 'Mensen met elkaar verbinden, een brug slaan...'

Arthur en zijn opzichtige schrijverschap. Ergens stoorde ik me eraan, aan zijn hoogdravende taal, aan zijn gestrooi met citaten van literaire grootheden, aan zijn voorgekookte oneliners... En toch: je trof zo iemand maar zelden aan, iemand die zonder enige vorm van twijfel wist wat hij wilde, en dat wat hij wilde ook had weten te verkrijgen. Nee, dan ik, met mijn geklungel in de marge van de journalistiek, het boekenhoekje. Opwellingen genoeg: een baan als redacteur voor een tv-programma, buitenlandcorrespondent worden voor de krant, een actualiteitenrubriek presenteren op radio of tv, me meer op de fotojournalistiek toeleggen – zomaar een handvol van de plannetjes die sinds mijn afstuderen in me op waren gekomen. Geen ervan had ik serieus nagejaagd, misschien wel omdat het allemaal voor het oprapen lag, omdat vrienden en oud-studiegenoten me vertelden hoe gemakkelijk ze in een baantje gerold waren, je hoefde alleen maar de juiste mensen te kennen, het was me niet *moeilijk* genoeg. Pas als ik mijn zin niet kreeg, kon ik me ergens in vastbijten.

'Dat beloof ik.'

De leden van de Staten-Generaal staan op afroep van hun stoel op, om de nieuwe koning trouw te zweren of te beloven. Een voor een wippen ze op, het is een vertraagde *wave*, het zoveelste bewijs dat de rituelen van deze dag niet veel meer voorstellen dan een symbolische vertolking van een voetbalwedstrijd.

De uitsmijters worden opgediend. Ik bestel er toch maar een biertje bij, anders krijg ik het spul niet weg.

'Zo waarlijk helpe mij god almachtig.'

Mijn hoofd tolt en mijn handen trillen, het moet de mix van al die drank en dat pilletje en dat lijntje coke en het kopje koffie bij binnenkomst zijn, en de uitsmijter ham-kaas voor mijn neus jaagt me weerzin aan, en ik moet mezelf dwingen te denken aan hem, hoe hij met ochtendhumeur + stalen discipline elke dag begon met koffiezetten en een eitje bakken, en hoe ik er altijd van genoot om dat ontbijtje samen met hem in bed te nuttigen, hij als altijd geprikkeld en nerveus omdat hij moest schrijven, ik gelukzalig ontspannen en meestal lukte het me om hem te verleiden nog heel even zijn ochtendjas los te knopen en naast me te komen liggen, hij stribbelde wat tegen – 'ik moet echt aan het werk' – maar liet zich toch overrompelen.

'Dat beloof ik.'

Ik snijd een stukje van de uitsmijter af, een driehoekje, prik het aan mijn vork en stop het in mijn mond. Kauw erop, proef eigeel en gesmolten kaas, olie, het witbrood dat alles in zich opzuigt. Broodje meefrituren?

Op het gebied van eten gedroeg hij zich al even compulsief als op elk ander terrein. In principe at hij elke avond hetzelfde: boerenkool op z'n Siciliaans. 'Lekker met knoflook en rode peper,' zei hij erover. 'Gaat nooit vervelen. Ik zag eens een tv-kok die dat gerecht klaarmaakte... ik kijk nooit tv maar er werd in dat programma een collega geïnterviewd en dat wilde ik horen. Maar dat gerecht... het zag er zo goed uit dat ik dacht...'

'Wat grappig,' zei ik. 'Ik kijk ook graag naar tv-koks. Ik kook alleen nooit zelf.

'Nooit?'

Luuk staart naar het scherm, niet naar mij, lijkt niet te luisteren naar het gemurmel dat ik met volle mond uitbreng. Ik moet het over een andere boeg gooien.

Weet je wat ik tegen hem zei? 'Nee, ik kook nooit

zelf. Instantmaaltijden klaarmaken, ja, dat kan ik wel. Of ik laat iets bezorgen, of ik haal wat bij een delicatessenzaak. Ik vind het geweldig om anderen met zorg aan de bereiding van een maaltijd te zien werken, maar zelf koken? Ik weet niet, het voelt niet *echt*, of zo. In die zin is het... eigenlijk precies het omgekeerde van seks: bij seks hou ik er niet van om ernaar te kijken als anderen het doen, maar om het zelf te doen vind ik heerlijk. Dat is dan wél weer echt.'

Luuk heeft zich naar me toe gedraaid. Staart me aan met een uitdrukking die je zowel als geïnteresseerd als verontrust kunt uitleggen.

'Hij was,' zeg ik, 'in alles een schrijver... in alles, begrijp je? Alles moest hij benoemen. En toen kwamen we op zeker moment te spreken over het vrouwelijk geslachtsdeel. Hij stelde "ondermond" voor. Vond ik een ontzettend goor woord. En hij zei: "Ik kan het eigenlijk niet over mijn kant laten gaan, maar misschien zijn sommige zaken onbenoembaar. Jouw ehh... 'hm-mm' is de opening naar een andere, hemelse wereld, en in die zin niet echt onderdeel van *onze* wereld. Zij is het nulpunt waar negatief overgaat in positief. Laten we haar { } noemen."

En met zijn handen vormde hij in de lucht een accolade.'

Maar hoe graag hij ook mijn benen uiteen schoof om met zijn genadeloze blauwe ogen mijn { } te bekijken, net zo lang tot hij zichzelf niet meer kon beheersen en zijn mond ernaartoe bracht – hoe graag hij dat ook deed, het stond van begin af aan geschreven dat hij zijn werk belangrijker vond dan mij of mijn { }.

Er waren goddelijke nachten, gevuld met zijn verliefde woorden en taferelen. Er waren zalige ochtenden, maar in de loop van die ochtenden sloop er onrust in hem, een afwezige blik, kortaf antwoord op een vraag, afwerende handgebaren, weggeduwde strelingen. En dan kondigde hij aan dat hij aan het werk moest. Plotse kilte, sfeer verpest. Weg liefde.

– Hè, wat zegt ze nou?

– Wie?

– Die gek, die Jacobi.

– Dat *ontjiet* ik?

– Wie?

– Lutz is de kluts kwijt, geloof ik.

– Dát verbied ik. Zou wel een goeie zijn.

– Hoe lang duurt die onzin nog?

– Misschien is het dialect of zo. Dat mag allemaal maar, tegenwoordig.

– Ik vind het wel grappig.

'Wat schreef die kerel zoal?' vraagt Luuk op fluistertoon.

Dus toch geluisterd. Heel goed, heel goed. Als het maar over seks gaat, dan luisteren ze wel. De macht van de { } is onontkoombaar.

'In de tijd dat ik met hem samen was schreef hij aan een roman over... een soort prediker, een messias, de aankondiging van een nieuwe jaartelling, te beginnen bij nul. Iemand die de geschiedenis zou wegvagen, en het verdriet om de geschiedenis moest verzachten met een nieuw begin. Dat is wat ik er ongeveer van heb begrepen. Maar eigenlijk ging het over een vrouw die hij was kwijtgeraakt.'

Hij had haar bedrogen. Hij zei erover: 'Nee, ik ben er niet trots op. Ik ben schrijver omdat ik een leven zoek dat minder banaal is dan het echte leven. Verhevener, origineler, rijker, betekenisvoller. Kun je je voorstellen wat voor teleurstelling het dan is als dat echte leven het gefingeerde toch weer rechts inhaalt? Als je denkt heel heroïsch de grote kunstenaar uit te hangen, maar ondertussen geen haar beter bent dan de adjunct-afdelingschef bij een verzekeringsmaatschappij die tijdens de lunchpauze zijn secretaresse neukt in een Van der Valk-hotel?'

Je nieuwe boek, gaat dat over haar?

Niet direct. Ik bedoel, het is fictie, ik heb het verhaal verzonnen. Maar er zitten wel bepaalde ondertonen in, ja, die met haar te maken hebben.

Zou je haar terug willen?

Hou op, zeg, het is alweer zo lang geleden.

Maar vanaf dat moment liet het me niet meer los, de gedachte dat hij met zijn hoofd nog bij die ander was. Ik ging geforceerde pogingen doen hem op andere gedachten te brengen. Hij moest van mij gaan houden, en van mij alleen, hij moest aan mij genoeg hebben.

Geile praatjes ophangen, in de hoop hem daarmee aan me te binden.

De macht van de { }.

'Ik hoef niet per se allerlei rare standjes of experimenten,' zei ik. 'Het enige wat ik van een man vraag is een dagelijkse dosis seks, verder vind ik alles wel zo'n beetje best.'

'Dagelijks?'

'Ja. Vind je me nu een nymfo?'

'Nee, ik vind je fantastisch. Ik hoop dat ik het volhoud.'

'Het is mijn manier om jou ervan te weerhouden vreemd te gaan. Ik zal je zo uitputten dat je gewoon fysiek niet meer in staat bent om het nog met andere vrouwen te doen.'

'Nou nou, wat een straf.'

Luuk lacht.

Mijn eten is schrokken geworden, schrokken tussen mijn woorden door. Verhalen vertellen met volle mond. De honger lag te slapen en ik heb hem gewekt en nu kan ik niet meer stoppen. Ik heb zin om te janken, maar zolang ik eet, kan ik niet janken. Denk ik.

'Toch wel trek, hè,' zegt Siem met een vaderlijke blik, een hand op mijn schouder. Negentig graden verder neemt een mij onbekend Kamerlid uitgebreid de tijd om zijn jasje dicht te knopen, er gaat beschroomd gegiechel door De Nieuwe Kerk, hij roept naar de koning 'Wel *dicht*!' en spreekt dan de belofte uit. Om mij heen opnieuw het kakelende commentaar van de anderen.

Heeft Siem iets gehoord van wat ik aan Luuk vertelde?

Ik kijk naar hem, hij heeft zijn pet afgezet, en de oranje pruik ook. Eronder zijn witblonde albinohaar. Kapitein Iglo. Hij komt kreunend overeind, ik hoor zijn knieën kraken. 'Ik ben kapót,' schreeuwt hij, en tegen mij fluistert hij: 'Even mijn neus poederen. Wil je ook?'

'Dadelijk,' zeg ik. 'Eerst eten.'

Met slepende tred verdwijnt hij in de richting van de toiletten.

Bij terugkeer overhandigt hij me zo onopvallend mogelijk het envelopje. 'Als je een beetje zuinig bent, kunnen we er nog de hele rest van de dag mee doen.'

Luuk, rechts van mij, vraagt: 'Wat is dat?'

De uitsmijter is op. Ik mik er een laatste slok bier achteraan, laat een luide boer en zeg tegen Luuk: 'Ga je mee naar de wc?'

Er klinkt trompetgeschal. Wapenheraut Robbert Dijkgraaf, die wel stoned lijkt, komt naar buiten en roept in een microfoon: 'Zijne majesteit koning Willem-Alexander is ingehuldigd. Leve de koning! Leve de koning! Leve de koning!'

3

In mijn tas zit een spiegeltje. Het spiegeltje leg ik boven op de toiletrolhouder. Eroverheen schud ik wat van het brokkelige witte poeder uit. Ik haal mijn portemonnee erbij. Trek mijn pinpas eruit. Groepeer het poeder in vier even brede, even lange lijntjes. Schuif de pinpas terug, neem een biljet van tien euro. Rol het op, reik het Luuk aan.

'Ik doe dit nooit, eigenlijk,' zegt hij, terwijl hij het eurorietje van me aanneemt.

'Ik ook niet.'

Met twee keer langgerekt de neus ophalen zijn twee van de lijntjes verdwenen. Hij houdt mij het spiegeltje voor en het rietje, ik snuif de resterende twee lijntjes op. Stop het spiegeltje terug in mijn tas en sla mijn armen om Luuks hals. 'En nu?'

'Eh... weet ik niet?'

Ik laat mijn droge lippen langs zijn stoppelige wang schuren. 'Vind je het lekker als ik over seks praat, zoals daarnet?' Hand op zijn kruis, stugge spijkerstof, knedende bewegingen, er begint iets te leven, daaronder.

'Ja.' Hij hijgt het, ik hoor het beven van zijn stem, dit had hij niet verwacht. Heel goed, Luuk. Ik gesp zijn riem los, ruk de knopen van zijn jeans open, mijn hand koud tegen zijn warme onderbuik, de haartjes die in een streepje naar beneden lopen, naar onder het soepele elastiek van zijn boxershorts, daaronder is méér warmte.

Luuk probeert me op mijn mond te zoenen maar ik weer hem af. Ik heb mijn mond voor andere zaken nodig. Mijn borsten, ja, dat mag.

'Weet je waar ik heel erg opgewonden van raakte?' fluister ik. 'Als hij zei: ik wil mijn pik in jouw natte { } stoppen... ik wil hem er héél langzaam in laten glijden... en jij wilt hem er helemaal in hebben maar ik stel het uit, ik glij heel langzaam naar binnen, eerst de eikel erin, en ik voel het zuigen, het is wijder daarachter, voorbij de ingang, ik wil dieper, maar ik stel het uit, ik trek me even terug, en jij drukt stevig met je handen op mijn billen, trekt mijn onderlijf naar je toe, maar ik geef niet mee... ik wil dat je wacht tot ik besluit om hem helemaal in je te stoten... je smeekt me het te doen, maar ik stel het uit totdat je bijna ontploft van geilheid...'

Tussen mijn woorden door heb ik de duim en wijsvinger van mijn rechterhand bevochtigd met wat speeksel en inmiddels liggen die twee vingers, tot een ring gevormd, op het topje van zijn lul en ik voel hoe hij zijn bekken naar voren beweegt in de hoop verder door die ring heen te dringen, maar ik beweeg mee, het mag nog niet, Luuk, nu nog niet.

Hij heeft zijn ogen gesloten, misschien van schaamte, misschien van genot.

'Toen het zomer werd... vertrok hij naar Göttingen... daar woonde een vriend van hem, een letterkundige, die, als het academische seizoen voorbij was, terugkwam naar Nederland om de zomer door te brengen... en dan kon Arthur in zijn huis werken... deed hij elke zomer... in afzondering schrijven in het godverlaten, doodstille Göttingen... Ik mocht niet mee. Weet je waarom niet, Luuk?'

De ring glijdt langzaam over de schacht van zijn lul omlaag. En weer omhoog. Langzaam, tergend langzaam. Hij probeert het ritme te beïnvloeden, maar dat laat ik niet toe. Ik bepaal hoe snel je gaat, Luuk. Ik bepaal het.

'Nou? Waarom niet?'

'Omdat mijn { } te gevaarlijk voor hem was, zei hij. De wetenschap dat ik daar rondliep in dat huis, misschien wel in alleen mijn ondergoed of alleen een ochtendjas of misschien wel helemaal naakt... die wetenschap maakte hem gek. Het feit dat er permanent iets te neuken in huis is, zoals sommige mensen niet van snoep kunnen afblijven zolang het beschikbaar is.'

Luuk steekt een hand tussen mijn benen, de hand kruipt omhoog langs mijn panty, op zoek naar een ingang, kruipt over mijn buik, daar waar panty en rokje samen een barricade vormen, en met mijn vrije hand trek ik de zijne weg en zeg: 'Dat hoeft niet... concentreer je op jezelf... concentreer je op mijn woorden...' En de hand verslapt, laat zich langs zijn lichaam zakken, geeft het op, geeft zich over.

'Ik kon het niet laten om hem toch op te hitsen. Ook al was ik niet bij hem. Weet je wat ik deed?'

'Nee?'

'Ik maakte filmpjes voor hem, die ik naar hem

mailde. Elke avond dat hij weg was eentje. In die filmpjes vertelde ik hem mijn fantasieën en ondertussen kleedde ik me langzaam voor hem uit, en als ik helemaal naakt was nam ik de posities aan waar hij me graag in zag. Op handen en knieën met mijn kont naar de camera. Geknield op bed met mijn borsten half uit mijn bh zodat je net de tepels kon zien, en dan speelde ik ermee, met mijn tepels, streelde ze, kneep erin... of ik ging op mijn rug liggen en tilde mijn bekken op, mijn benen wijd met de camera van mijn laptop ertussenin. Vingerde mezelf in close-up, precies zoals ik wist dat hij het graag zag... Zie je het voor je, Luuk? Dat ik mijn vingers over mijn schaamlippen laat gaan... ze uiteen spreid... één vinger in mijn eigen vocht doop, hem er weer uit haal en je ziet een slijmdraadje ontstaan tussen mijn vingertop en de opening van mijn { }... en ik smeer het vocht uit door met mijn vingers dat zachte, rimpelige vlees te kneden tot alles glinstert van natheid...'

Wat ik Luuk niet vertel, is dat die video's eenrichtingsverkeer waren. Als ik vroeg of hij mij ook eens wat kon sturen, kwam hij met een of andere wazige theorie over hoe en waarom vrouwen exhibitionistischer zijn dan mannen, omdat ze het meer gewend zijn hun lichaam op een uitdagende manier te tonen. 'Wat een onzin, je schaamt je gewoon voor je lichaam. Terwijl het zo mooi is. Je weet hoe ik je pik adoreer.'

Eén keer kreeg ik een wazige foto van zijn stijve. Excalibur.

Wat ik Luuk evenmin vertel: hoe Arthur me

vroeg, uit het niets, of ik zin had om tijdens de laatste week van zijn verblijf langs te komen in Göttingen. Omdat hij me miste, dacht ik. Maar zelfs toen ik gearriveerd was, sloot hij zich hele dagen op in de kamer die hij tot werkplek had uitgeroepen. Als we uit eten gingen, moest ik betalen. Hij wachtte op een voorschot, zei hij, maar dat was nog niet binnen. Overdag verwachtte hij dat ik boodschappen zou doen: 'Jij hebt vakantie, ik ben druk aan het werk.'

Hoewel ik het gevoel had dat hij me alleen voor het geld had laten overkomen, deed ik het voor hem: betáálde ik die maaltijden in restaurants, háálde ik die boodschappen – alles, zolang hij na werktijd maar van mij was.

'Als hij zijn werkkamer uit kwam,' fluister ik met mijn lippen tegen Luuks oorschelp, 'wilde ik zo min mogelijk kleding aanhebben zodat hij me meteen kon neuken. Ik haatte het als hij eerst een praatje aanknoopte over zijn werk, over zijn vorderingen. Ik wilde dat hij me meteen de kleren van het lijf zou rukken. Onmiddellijk. Daarna konden we praten. Het liefst liep ik naakt door dat huis. Stel je je dat voor. Je hebt gewerkt, Luuk, en je stapt de huiskamer binnen, en daar zit een naakte jonge vrouw op de bank. Ze leunt achterover... spreidt haar benen... steekt twee vingers in haar mond... bevochtigt ze... brengt ze naar dat plekje tussen haar benen... Stel je voor dat je op haar toe loopt en je broek laat zakken en zo, wats, zonder inleiding je lul naar binnen schuift. En dat je die naakte vrouw neukt, en je laat je handen over haar jonge, bezwete huid gaan, het is zomer, en ze is drijfnat van het zweet en ze is drijfnat tussen haar benen omdat ze misschien al met zichzelf heeft liggen spelen terwijl jij nog aan het werk was.'

'Ohh, christus,' kermt Luuk.

Soms was hij moe, uitgeblust na een dag schrijven. Wilde hij direct de deur uit voor het avondeten. Als we terugkwamen, laat op de avond, dook hij meteen in bed, aaide mij nog wat maar viel dan al snel in slaap. Volkomen opgehitst, tot onuitstaanbaar niveau, maakte ik hem dan wakker. Zei dat hij dat niet kon doen, me eerst opgeilen en dan gaan slapen. Ik dwong hem zo ongeveer om me toch op zijn minst klaar te vingeren.

'Zou jij dat voor me doen, Luuk? Als je helemaal geen zin had, maar ik wel heel erg? Dat je me dan toch zou vingeren? Zou jij kunnen slapen als je wist dat er naast je een mooie jonge vrouw lag, naakt, met een { } die niets liever wilde dan door jouw vingers en je tong beroerd te worden, liefst allebei tegelijkertijd, je tong over haar clitoris, je middelvinger iets lager, in haar gestoken, misschien nóg een vinger erbij, twee vingers die je in en uit haar laat glijden, terwijl je tong op en neer gaat? Zou jij dat weigeren?'

'Nee-aahh.'

Zijn gehijg heeft een regelmatig, gejaagd ritme verkregen. Kort na elkaar uitgestoten wolkjes bieradem dringen mijn neus binnen. Als ik mijn hoofd op zijn schouder leg ruik ik zijn zweet, de zware geur van zijn oksels. Daartussendoor het kunstmatige potpourri-aroma van de toiletverfrisser. LOVE NEVER

DIES, heeft iemand met stift op de witgepleisterde muur gekalkt en ik herinner me die uitspraak eerder te hebben gelezen, maar waar?

Mijn hand begint moe te worden.

'Hij had daar in Duitsland een nieuw woord geleerd... Hou je van swaffelen, Luuk? *Hij* hield van swaffelen. Hij zei: Weet je hoe dat in het Duits heet?'

'Nou?'

'Anpimmeln. En hij zei ook: Het is eigenlijk een heel teder en lief gebaar, alsof je een zuigeling over z'n wangetje aait, waarmee je de zoekreflex oproept. De babymond zoekt instinctief de moedertepel en, weer een reflex: begint te zuigen. Het oproepen van die zoekreflex: dat is swaffelen in z'n puurste vorm, en het andere is daar een zachtmoedige afgeleide voor volwassenen van, daar is helemaal niks vernederends aan.'

Ik laat Luuks schouder los en zak door mijn knieen, ban de gedachten aan de smerigheid van de toiletvloer uit mijn hoofd, kniel voor hem en tik met zijn paarsrood aangelopen eikel tegen mijn wang. Zijn pik is lang en slurfig, tenger als de rest van zijn lichaam en de huid van de schacht is niet getint zoals bij veel andere mannen, maar bleek, bleker nog dan de huid van zijn gezicht. Mijn mond is droog, maar ik lik wat van zijn voorvocht op door mijn tong over het kleine openingetje in zijn eikel te laten draaien. En dan schuif ik mijn lippen over zijn lul en laat hem mijn mond in glijden.

Een kreun daar boven mij, even ben ik bang dat hij nu in één keer klaar gaat komen maar het moet de verrassing zijn geweest die hem in een nog hogere staat van opwinding bracht, en nu beweegt hij zijn heupen wild naar voren en naar achteren, in deze positie kan ik hem minder makkelijk sturen, hij neukt mijn mond en ik laat hem, klem mijn handen om zijn billen, doe het maar, Luuk, de woorden zijn op, *let's get it over with*.

En algauw voel ik hoe hij omhoog komt, alsof hij op zijn tenen gaat staan, of misschien doet hij dat ook wel, en terwijl ik me van hem losmaak gebeurt het, voel ik warme klodders neerkomen op mijn lippen, mijn wangen, en er weet er zelfs eentje door te dringen tot mijn tong, maar gek genoeg proef ik niets, het enige wat ik proef, diep in mijn keel, is de nasmaak van de uitsmijter die ik daarnet naar binnen heb geschrokt.

Nog steeds geknield breng ik mijn hand naar de toiletrolhouder, scheur een paar velletjes af en veeg mijn gezicht schoon, dep de spetters die op mijn bloesje terecht zijn gekomen weg, en werp de doorweekte prop in het prullenbakje naast de wc-pot.

'Ik doe dit nooit, eigenlijk,' zeg ik, terwijl ik overeind kom. Luuk staat nog steeds te bekomen van de uitbarsting.

'Ooh, man, dat was echt waanzinnig.'

4

'Ga jij maar vast, ik moet nog even plassen.'

Luuk staat zijn broek dicht te knopen, op mijn riante behandeling volgt geen tegenbod. Precies drie seconden hebben zijn vingers naar mijn kruis gegraaid, daar bleef het bij.

Dan moet ik het zelf maar doen.

Hij verlaat het toilet, en de deur is nog niet dichtgevallen of ik hoor hem al roepen: 'Is die klerezooi nou nog steeds niet afgelopen?'

Kwakkie geloosd en meteen weer een grote bek over zijn stokpaardje.

Ik doe het snel, hitsig genoeg geworden van het trekken en pijpen. Daarna was ik mijn handen, mijn gezicht. Breng een nieuwe laag lippenstift aan. Opvallend genoeg zijn de twee rood-wit-blauwe vlaggetjes op mijn wangen nog steeds min of meer intact. Het lijkt dagen geleden dat ik aan boord ging van de Sheherazade, dat ik op een stoel werd gedrukt door Marieke, dat ze met straffe halen de vlaggetjes op mijn wangen tekende. Tussendoor ben ik zelfs in bad geweest, ik heb gezweet tijdens die afterparty, gevoosd met Marvin... Als de producenten van die schmink ooit verlegen zitten om een aanprijzing voor de waterdichtheid van hun product, dan mogen ze gerust een beroep op me doen.

Ik verlaat de toiletruimte, voeg me weer bij mijn vrienden. Op tv is de uittocht uit De Nieuwe Kerk begonnen, de plechtigheid zal wel voorbij zijn. Daar is premier Rutte, vicepremier Asscher. Via een blauwe loper begeven ze zich terug naar het paleis, ten overstaan van het joelende publiek.

Marieke is in slaap gevallen, met haar hoofd op de schouder van de jongen met wie ze al die tijd heeft zitten rommelen. Zelf zit hij met een verdwaasde blik in zijn ogen te staren naar het bierviltje dat zijn vingers bezig zijn te verpulveren.

Tussen Luuk en Joris is een felle discussie ontstaan, hoe komen die twee zo wakker? Van Luuk snap ik het, van Joris mag het een klein wonder heten. Of heeft hij ook wat gebruikt?

'Ja, maar tegen welke prijs?' zegt Luuk, op een toontje dat uit moet drukken hoe vaak hij deze discussie al gevoerd heeft, dat hij echt wel weet waar hij over praat. 'Toevallig was Bea wel een oké wijf, dat wil ik nog best toegeven. Maar stel nou dat het een bloedlinke despoot was geweest?'

Ik zoek mijn oude plaatsje op, tussen Siem en Luuk in. Siem staart naar het scherm, dezelfde blik als van die jongen van Marieke. Vermoeidheid, verveling plus het lamgeslagen gevoel dat je van tv-kijken kunt krijgen. Het staat geschreven.

'Zo, was het leuk op de wc?'

'...dat hij van plan was de waardigheid van die functie door te zetten...' De live-uitzending heeft zich terugverplaatst naar het glazen huis van de NOS, waar Rob Trip en Astrid Kersseboom nog steeds of wederom in gezelschap verkeren van die twee tuttebellen die eerder op de dag ook al zulk verhelderend commentaar gaven. Die met het korte donkere haar krijgt onder in beeld de vermelding 'historicus'. 'Weer een vakgebied dat niets meer voorstelt,' zou Arthur zeggen of schrijven. De andere trut blijkt eveneens historicus en tevens journaliste: 'Hij leek heel erg de nadruk te leggen op de individuele ontplooiing van mensen,' zegt ze over de toespraak van de koning.

'We waren gewoon aan het praten, hoor,' zeg ik tegen Siem.

'Luister, gast,' zegt Joris, met lichte stemverheffing en een irritant vingertje in de lucht, 'mensen snappen een brede volksvertegenwoordiging niet. Er zijn alleen al honderdvijftig Tweede Kamerleden. Kun jij ze allemaal opnoemen? Nee. Weet je wat ze allemaal uitspoken? Nee.'

'Praten? Hmm... Dat zal wel...'

'...troebel zooitje voor gewone mensen. In de regel komen alleen de fractievoorzitters vaak op tv, en die hebben het dan over transparantie. Kul! Een koning is veel duidelijker.'

'Dan heb je wel flink met consumptie zitten praten.' Siem zegt het met een lachje en prikt met een vinger tegen mijn bloesje waar inderdaad nog de sporen van Luuks orgasme op te zien zijn. Nu pas ruik ik de weeë geur van sperma, die ook Siem niet kan ontgaan.

'...een man met een menselijke geschiedenis, die we allemaal kennen. De foto's van Willem-Alexander en zijn broertjes toen ze jong waren. De prinsjes op wintersport. Willem-Alexander die de Elfstedentocht rijdt. Willem-Alexander met Máxima, een moeilijk geval maar "de liefde is sterker dan de geschiedenis" – dat is toch een prachtig romantisch verhaal! Dát snappen de mensen. De traan van Máxima bij hun huwelijk. Kun je cynisch over doen. Toch: iedereen kent dat beeld, iedereen hoort er onmiddellijk die bandoneon bij. Willem-Alexander en zijn familie zijn herkenbare, begrijpelijke figuren. Dát is wat een volk snapt.'

Bij het woord dat slaat Joris met zijn vlakke hand op tafel. Anne fluistert iets sussends in zijn oor.

Ik schiet in de lach. 'Maar met jou trouw ik, Kapitein Iglo, en dan zal ik elke avond vissticks voor je bakken.'

Hoe opgefokter Joris raakt, hoe kalmer Luuk wordt. Op ijzige toon zegt hij: 'Ik vind je nogal denigrerend klinken over dat volk. Je wilt ze in het domme sop van hun eigen irrationaliteit laten gaarkoken. Dat vind ik immoreel. Je moet niet voor de wensen van het volk buigen, je moet het volk *leiden*. De democratie zoals we die nu kennen: denk je dat we die aan het volk hebben te danken? Mooi niet. Het is altijd een intellectuele voorhoede geweest die heeft gestreden voor gelijkheid, vrijheid, broederschap én democratie.'

Hoe krijg ik Luuk uit deze discussie? Als hij me dan niet fysiek wenst te bevredigen, dan toch in ieder geval geestelijk. Ik heb niet voor niets zijn pik in mijn mond genomen. Voor wat hoort wat.

'Jij en bakken?' zegt Siem. 'Jij weet nog niet eens hoe je een gasstel aansteekt, lieverd.'

'Jouw "pure" democratie, wat heeft die opgeleverd? Dat we inmiddels met het vijfde kabinet in tien jaar tijd zitten opgescheept. Maar wie was gedurende die tien jaar wél continu aanwezig? Juist, ja. Beatrix. Godzijdank wordt ons land niet enkel geregeerd door een inwisselbare club anoniemelingen, maar óók door een herkenbare, vertrouwde moeder des vaderlands.'

'Jongens,' zeg ik, 'we zijn niet voor niets weggegaan van het Waterloo. Zullen we de discussie even uitstellen tot een andere gelegenheid? Ik word doodmoe van jullie gelul.'

Joris komt met een ruk overeind. 'O, nou is het ineens gelul. Oké, helder.' Hij tikt Anne aan, die met strak gezicht naar het beeldscherm zit te staren, zichtbaar beschaamd om zijn in zo korte tijd van vrolijke in kwaaie veranderde dronk. 'Kom, we gaan. Lekker een paar uurtjes slapen, en dan vanavond heerlijk op tv naar de Koningsvaart kijken. Zonder het gezeik van zo'n verongelijkte republikein erdoorheen.'

'Ah, kom op!' zegt Siem. 'Blijf nou, man, ik ga dadelijk de boot halen, pik ik jullie hier voor de deur op, gaan we leuk nog even wat varen, en dan naar dat tv-feestje van Johanna.'

'Nou, ik ben ook best wel moe,' zegt Anne.

1980 was veel leuker.

Zo waarlijk helpe mij god almachtig.

Joris en Anne nemen afscheid. Ook Siem komt

overeind, zet zijn pet en zijn pruik weer op. Kapitein Iglo gaat zijn schip uit de haven halen. Bij het verlaten van het café schreeuwt Joris nog drie keer: 'Leve de koning!'

Ik heb Luuk weer voor mezelf.

'Ik moet je nog het een en ander vertellen,' zeg ik. 'Jij bent me wat schuldig, je moet naar mij luisteren.'

Poging uit te leggen hoe het ging. Dat ik overdag thuis was of op de redactie. Dat ik naar hem verlangde. En hem dús belde. Zijn mobiel, een vaste lijn had hij niet, ging zes keer over tot de voicemail ingeschakeld werd. Ik hing op, misschien was hij te laat met opnemen geweest, belde nog eens. En nog eens. Ik kon het niet uitstaan dat hij niet opnam. Als ik maar vaak genoeg zou bellen, zou hij toch wel zien dat het urgent was, ook al was het niet urgent, maar *ik* was het, de vrouw die hij zijn vriendin mocht noemen, dan was het toch altijd urgent?

Na zes pogingen nam hij eindelijk op. 'Jezus, wat is er aan de hand?'

'Ik wou je stem gewoon even horen.'

Woedend was hij. 'Ik neem de telefoon niet op als ik aan het werk ben, dat is toch niet zo gek? Als ik advocaat was en ik had net een cliënt over de vloer, dan zou ik toch ook niet zeggen: sorry, meneer Holleeder, heeft u een momentje? Mijn vriendin probeert me te bellen omdat ze mijn stem wil horen. Ik ben me doodgeschrokken, ik dacht dat er iets met mijn ouders aan de hand was. Jezus!'

Toch bleef ik het doen, hem overdag bellen. Ik voelde me een soort stalker als ik het deed, maar ik kon niet anders, ik vond het zo oneerlijk en asociaal van hem dat hij me eenvoudigweg wenste te negeren, dat hij me alleen op *zijn* voorwaarden wenste te spreken of te zien, als het hém uitkwam. Vaak stond zijn telefoon uit, wat me nog opgefokter maakte, zo opgefokt dat ik me soms niet meer in kon houden en naar zijn huis fietste.

Bij vlagen raakte ik ervan overtuigd dat hij alleen maar met me samen was omdat hij het wel lekker vond om me te neuken, ik een meisje van vijfentwintig, hij de al-wat-oudere-maar-niet-al-te-oude schrijver van vierendertig, hij kon met me pronken, hij hoefde niet bang te zijn dat ik al over kinderen zou beginnen – ja, het was allemaal heel comfortabel, zolang ik niet te veel aan zijn kop zat te zeiken.

Ruzies daarover konden uitlopen op geschreeuw, op tranen, soms lag ik op de vloer te janken, mijn armen om zijn knieën geslagen. Uiteindelijk toonde hij dan berouw, meer omdat hij ervan af wilde zijn, dan dat hij het meende. 'M'n concentratie is nu toch naar de knoppen, laten we maar gewoon samen wat gaan eten,' zei hij dan, nee, het was geen eerlijke verzoeningspoging, en toch kon ik hem dan niet weerstaan, dus zaten we even later op een steiger langs de gracht met verse sushi en een fles koude witte wijn.

Nog iets wat niet mocht: hem zomaar met een bezoekje vereren. Werd hij woedend. Liet me op de gang staan, zei dat hij druk bezig was, sloot de deur. Ik bleef aanbellen, net zo lang tot hij er gek van werd en toch weer opendeed, ik begon te huilen en te schreeuwen, hij schaamde zich voor zijn buren, zei: 'Kom maar even binnen dan.'

En we neukten het goed, en daarna vergaf ik hem alles, als ik maar bij hem kon zijn.

'Snap je dat? Dat je zoveel van iemand kan houden dat je alles doet waarmee je diegene juist van je afstoot? Je weet dat het niet verstandig is, maar je doet het toch omdat je niet anders kan, omdat het enige waar je rustig van wordt, is: bij die ander zijn.'

Luuk kijkt me bevreemd aan, alsof ik een of andere ziekte heb waar hij nog niet eerder van heeft gehoord.

Ik probeer het uit te leggen, maar wat ik niet kan uitdrukken met mijn verdoofde tong, mijn benevelde brein, is dit: de grote liefde, de échte liefde herken je aan een bijkomende emotie: angst. Panische angst. Zoals een ouder, wanneer die eenmaal leven aan een kind heeft gegeven, permanent in sluimerende angst leeft dat het kind iets overkomt, zo is de geliefde die haar hart aan een ander heeft gegeven voortdurend angstig dat dat hart gebroken wordt, dat die ander het sloopt en vervolgens de benen neemt. Maar de angst was méér dan alleen dat, de angst was veelzijdig als de pest. Hij deed zich voor als ontzag, een gevoel van nederigheid tegenover iets overdonderend groots, zoals je hart sneller kan gaan kloppen wanneer je geconfronteerd wordt met een indrukwekkend landschap of bouwwerk. De hevigheid ervan. De angst is de angst jezelf te verliezen, geen controle meer te hebben, en dat je die controle, eenmaal uit handen gegeven, nooit meer terug in handen zult weten te krijgen. De wil om dat toch te doen, en er tegelijkertijd bang voor te zijn. Zoals de zuigende werking die een enorme diepte kan hebben. Je kijkt over de balustrade van de Eiffeltoren omlaag, en je weet dat de minste beweging, één bokkensprongetje, voldoende is om een einde aan je leven te maken, zo dichtbij ben je, je kijkt niet in een fysieke diepte, je kijkt in de afgrond van het leven, de angst voelt lekker, een griezelig-fijne huivering.

Ik kan het denken, maar ik kan het niet onder woorden brengen.

Waar is de seks in dit alles? De seks maakte alles goed, dat was het enige waarin we zorgeloos tegenover elkaar stonden. Maar voor het zover was...

'Ik moest de seks bij hem afdwingen. Snap jij dat, als man? Kijk even naar dit lichaam, met alle imperfecties ervan. Wat denk jij dan?'

'Ik zie geen imperfecties,' zegt Luuk. Maar hij kijkt niet naar mij, hij kijkt naar zijn glas bier. 'Voor zover ik het door je kleding heen kan beoordelen heb je een fantastisch lichaam.'

'Het is in ieder geval jong en het is gulzig. Is dat niet wat mannen willen? Is dat niet waar ze tegen elkaar over opscheppen? "Jezus, die chick was zo fokking geil en nat. Die lustte er wel pap van." Ja, je lacht, maar zo is het toch? Wees eerlijk.'

'Ik ben bang van wel.'

'Maar zo zat Arthur dus niet in elkaar. Wel als we bezig waren... en ook na afloop... Was-ie altijd megarelaxed. Maar om hem zo ver te krijgen...'

Arthur haalde Ovidius aan, daar waar Jupiter tegen Juno zegt: 'Bij jullie is de lust in liefde groter dan bij mannen.'

Juno ontkende. Toen ze Tiresias vroeg het pleit te beslechten, omdat hij ooit jarenlang in een vrouw veranderd was geweest en dus van beide seksen het perspectief kende, gaf de toekomstige ziener Jupiter gelijk. Voor straf maakte Juno hem blind.

Hoe meer hij zich terugtrok in het boek waar hij aan werkte, hoe drammeriger ik werd in mijn pogingen hem te bezitten.

Wat ik ook probeerde, hij was en bleef een vrije vogel. Ik zei: 'Bindingsangst.' Hij zei: 'Dat verschrikkelijke woord moet je niet gebruiken. Het is vrijheidslust.'

Of hij zei: 'Ik ben veeleisend. Jij bent veelgevend.'

Hij had de grilligheid van een kat. Soms wilde hij aangehaald worden, gaf kopjes, sprong op schoot. Soms aaide ik hem en sloeg hij met genagelde poot mijn hand weg, begon te blazen dat hij met rust gelaten wilde worden.

En Luuk zegt: 'Waarom vertel je me dit? Waarom probeer je het niet te vergeten? Het is best wel raar, eigenlijk, als je een man staat af te trekken, dat je hem dan allerlei geile dingen over een andere man in zijn oor fluistert.'

Wat ik probeer te antwoorden, is dit: het lijkt nu net alsof hij alleen maar een boeman was. Maar hij was een verleidingskunstenaar. Had hij wat geld gekregen voor een of ander artikel of een kort verhaal, dan nam hij me mee uit eten, kocht kleding voor me, sieraden. Hij kon me prijzen, was gul met complimenten. Hij kon urenlang vertellen, hij kon urenlang naar me luisteren, we konden urenlang discussiëren over de meest uiteenlopende onderwerpen. Hij hield ervan voor me te koken, voor me te zorgen als ik ziek was, of moe, of verdrietig om een andere reden dan om ons. Hij was genereus in al die dingen, hij was alleen niet genereus als het om zijn werktijd ging. Er stond een hek om dat deel van zijn leven en ik kon dat hek niet verdragen, wilde er telkens overheen klimmen, en als hij me dan betrapte werd hij kwaad.

Wat ik probeer te antwoorden, is dit: Er schuilt aantrekkingskracht in het kapotgaan aan de liefde. Maar er kleeft een groot nadeel aan. Want waar is die liefde dan goed voor geweest? Als ze voorbij is en hij er niet meer aan denkt omdat hij vermoedelijk weer druk bezig is het hart van een volgende vrouw te breken, en als ik er niet meer aan denk, omdat ik wil proberen te vergeten: als kortom niemand er nog aan denkt, waar is het dan goed voor geweest? Herinneringen bestaan alleen in je hoofd, en als je ze niet levend houdt, wis je gebeurtenissen uit de wereld, uit de geschiedenis. Dat kan ik niet verkroppen. Ik mag niet kapotgaan aan onze liefde, mijn koning, ik moet eraan blijven denken, ik moet erover blijven vertellen. Anders vermoord ik een deel van mijn eigen leven.

Ik betwijfel of het helder mijn mond uit komt, ik vertrouw mezelf niet meer. Is het eigenlijk wel een antwoord? Wat vroeg hij eigenlijk? En waarom schets ik een beeld van mezelf, wederom, als het afhankelijke vrouwtje? Was andersom niet beter geweest? Waarom *dit* scenario als er ontelbare andere denkbaar zijn? Ik bepaal, ik beslis, ik bedenk.

'Je begon over een sprookje,' zegt Luuk. 'Zo'n mooi sprookje vind ik dit niet.'

'Daar gáát het nu juist om, Luuk. Neem het sprookje van de monarchie. Je kunt er alle kanten mee op. Je kunt je eigen ellende vergeten en denken: er bestaat zoiets als een perfect paar. Willem-Alexander en Máxima, een voorbeeld voor ons allemaal. Of je kunt denken: wedden dat die twee als ze eenmaal thuis zijn en als de kindertjes slapen, de verschrikkelijkste ruzies hebben? Dat hij zich in het openbaar ergert aan haar accent of de dingen die ze eruit flapt, dat zij zich ergert aan zijn gebrek aan spontaniteit, aan zijn houterige Hollandse voorkomen. Dat kun je je allemaal voorstellen. En dat is er zo mooi aan. Die koning en koningin zijn twee lege hulzen. Ze zijn niets, nul. En daarom zijn ze zo populair. Mensen, het vólk, kunnen hun eigen droom- of angstbeelden op hen projecteren. Daar zijn sprookjes voor, toch?'

Mijn sprookje eindigde niet als droom – dan hadden we in elkaars armen moeten sterven. Ik herinner me de nacht dat ik voor zijn ogen het manuscript waar hij aan werkte verscheurde. Hoe ik de fles wijn die hij bezig was leeg te drinken, oppakte en over de papieren op zijn bureau leeggoot. Hoe hij mijn armen vastgreep en zei: 'Ik doe je wat aan, als je zo doorgaat, hou ermee op, ik wil je niet slaan, ik moet de politie bellen als je niet ophoudt.'

En ik lachte hem uit, de politie!, waar haalde hij het vandaan?

En die nacht viste hij de sleutels van zijn paleis uit mijn tas, en de volgende ochtend toen ik naar mijn werk fietste, kreeg ik een sms'je: 'Je komt er nooit meer in, ik wil je nooit meer zien.'

Siem is terug. 'De boot ligt voor, we kunnen gaan wanneer jullie maar willen.' Op het tv-scherm: beelden die ik vandaag al vele malen eerder heb gezien, in slow motion nu. Hoe laat is het? Waar zijn we in het programma? De handtekeningen, de balkonscène, de koning die zijn twee vingers in de lucht steekt, hoe hij de hand van de juntadochter omklemt, ik heb het allemaal al zo vaak eerder gezien, wat is dit voor repetitieve hel waarin ik ben beland, houdt deze dag ooit op?

Ik leg mijn onderarmen op tafel, mijn hoofd erop. Ogen dicht.

Jonge vrouw lijdt nederlaag op strijdveld der liefde. Alles gegeven, niets gewonnen. In de liefde bestaan geen zilveren of bronzen plakken. Het is goud of niets.

Zij wenst hem dood, zij fantaseert hem dood. Nu hij niet meer als tastbare persoon in haar leven is, kan ze met hem doen wat ze wil.

'Hanna! Gaat het?'

Ik open mijn ogen, de wereld is gekanteld, mensen hebben hoofden aan de zijkant van hun romp.

Mijn wang op het koele, vochtige tafelblad. Waar zijn mijn onderarmen? Ben ik *out* gegaan? In slaap gevallen?

'Ik voel me uitstekend,' zeg ik. 'Laten we gaan. Kapitein?'

AVOND

The rebellion of art is a daily rebellion against the state of living death routinely called real life.

– Jeanette Winterson, *Art Objects*

I

We zijn onder het spoor door gevaren en glijden nu langs het Bickerseiland, zegt Iglo althans, zelf ben ik alle oriëntatie kwijt terwijl ik deze stad toch zo goed ken, zelfs de Prinsengracht herkende ik niet meer, Waar zijn we?, vroeg ik, en Iglo schudde zijn hoofd met een glimlachje, Jij bent echt ver heen hè, zei hij, en ik zei: Nog niet ver heen genoeg, zijn we er bijna?, ik moet weer zo nodig pissen, en Iglo zei: We zijn er bijna, we hoeven alleen nog maar om dit eiland heen te varen en voorbij het volgende en dan zijn we er.

Op de speakers strummelt zachtjes de gitaar van Get Lucky en daar is de zang en daar is het refrein en weer is er die ongevraagde aansporing om je lucky te voelen, ik heb het nummer vandaag tijdens onze tocht door de stad al talloze malen gehoord, iedereen wil lucky getten maar blijkbaar *is* niemand het, anders zou iedereen zichzelf er niet voortdurend aan hoeven herinneren, al is het een vrolijk nummer, dat wel, dat geef ik toe.

Niemand danst, we zijn ze bijna allemaal kwijt, behalve Iglo en ik zijn alleen Marieke en haar lover nog over, Tim blijkt-ie te heten, met z'n viertjes nog maar, tierelierelier, toen waren er nog maar vier.

Zeg Henkie, wat zat je nou eigenlijk allemaal te vertellen aan Luuk? vraagt Siem, en ik zeg: Niks, gewoon geklets over van alles en nog wat, ditjes en datjes, en Siem zegt: Hij vertrok nogal halsoverkop toen jij lag te maffen, ik geloof dat-ie je nogal *wack* vond, en ik: Nou, ik vond hem anders ook behoorlijk wack met zijn gezanik over die inhuldiging en de democratie en alles, en ik struikel bijna met mijn tong over het woord democratie, maar het komt toch nog goed, en ondertussen vervloek ik Luuk en het feit dat ik zijn piemel in mijn mond heb genomen, die bleke slurf, bijsluiter: heb geen seks als u allergisch bent voor een van de bestanddelen van seks, zo waarlijk helpe mij god almachtig.

Kankerwoonboten, vloekt Iglo, we kunnen hier niet aanleggen.

We steken het water over, aan de overkant is een steiger, we stappen uit, steken opnieuw het water over, nu via een bruggetje en ik krijg mijn benen bijna niet meer vooruit maar Siem wijst het huis aan waar we moeten zijn en als we daar zijn aangenkomen belt hij aan naast een groene deur, en we moeten twee trappen op, ik ga bijna dood maar als ik val, stort ik tenminste boven op de stootwillen van Marieke die achter me loopt en met z'n tweetjes verpletteren we dan haar vrijer, die als laatste de trap bestijgt. Ze woont mooi, die vriendin van Iglo, zal wel goed verdienen, zo'n rustig plekje en toch vlak bij het centrum van de stad, en we betreden haar huis, Johanna heet ons welkom en nu pas weet ik wie ze is, ik ken haar van school, de middelbare school, maar ze is veranderd, ze is mooi geworden, een echte vrouw, elegant, in de brugklas was ze nog een enorme nerd met zo'n bril met jampotglazen, de beste cijfers van de klas, en later werd ze een alternativo, verfde haar blonde haren zwart, liep in lompen, overal in haar gezicht piercings, haar wenkbrauwen, haar neusvleugel, haar onderlip, en een hele rits in haar beide oren, langs de schelpen, Johanna, en nu is ze mooi.

Dat is lang geleden, zeggen we allebei, en: Hoe gaat het met je, en allebei liegen we een standaardantwoord. Kom binnen, zegt ze, willen jullie iets drinken?, en ze voert ons mee de gang door naar een grote woonkamer waar een gezelschap van zo'n twintig, dertig mensen zit, verspreid over twee druk bezette banken, een tiental stoelen, sommigen zitten op de grond, op kussens, allemaal met goed uitzicht op de grote televisie die het centrum van de belangstelling is. Het ruikt er naar energydrink en winegums.

Er is bier en witte wijn in de koelkast, zegt Johanna, en daar, ze wijst naar een lange eettafel, is rode wijn en allemaal andere drankjes en het drankje van de dag is Aperol Spritz want dat is oranje van kleur, en we willen allemaal wel zo'n Spritz, Johanna verdwijnt naar de keuken en wij begroeten de rest van het gezelschap. Ik zie Titia, die heeft bijgeslapen, zegt ze, al ziet ze er nog steeds verrot uit, maar vast niet zo verrot als wij, de Grote Vier, die niet, nu ja, nauwelijks hebben geslapen. De rest van de mensen ken ik niet, ik stel me aan iedereen voor en iedereen zegt netjes zijn of haar naam terug, maar de namen gaan het ene oor in en het andere oor uit.

Ik ga plassen en als ik terugkom in de huiskamer heeft Johanna vier wijnglazen met een oranje goedje neergezet, en ik vraag wat erin zit, en zij zegt: Aperol, dat is een soort Campari maar dan oranje, en prosecco, en spuitwater, en schijfjes sinaasappel en natuurlijk veel ijs, maar je moet wel oppassen want het is heel licht, dus je tikt het zo weg, maar er zit dus best wel wat alcohol in.

Ze staat nog met het mes in haar handen waar ze de sinaasappel mee in schijfjes heeft gesneden en ik herinner me hoe op school het verhaal ging dat ze een *snijder* was, niemand wist er het fijne van, misschien kwam het door een spreekbeurt die ze had gegeven bij Engels over de songteksten van Nine Inch Nails, hoe ging dat ene nummer ook alweer?, en sindsdien begon het op te vallen dat ze nooit T-shirts met korte mouwen droeg of hemdjes en in het zwembad zag je haar ook nooit, maar ik heb er nooit achter kunnen komen of ze daadwerkelijk automutileerde, I hurt myself today, zo ging dat nummer, to see if I still feel, en ook: I focus on the pain, the only thing that's real.

En o ja, ze kwam eens op school met een rat op d'r schouder, die met een kettinkje vastzat aan haar jas, hoe iedereen in de klas ervan griezelde en hoe de leraren het niet vonden kunnen en erop aandrongen dat ze dat beest voortaan thuis zou laten. Ze zijn heel lief, beweerde ze, maar ik vroeg me toen al af of ze het niet vooral deed om een bepaald imago van zichzelf op te trekken.

De Aperol Spritz is bitterzoet, en ik begin weer

honger te krijgen, hoe lang is het niet geleden dat ik die uitsmijter naar binnen werkte? Op de eettafel liggen snijplankjes met allerhande kazen erop, en ernaast een stapel stokbroden, en er staan schaaltjes met chips en schaaltjes met drop en winegums en ook hier een schaaltje met M&M's, wat is dat toch met die dingen?, en ik besluit een plekje hier aan tafel uit te kiezen zodat het eten binnen handbereik is, al zit ik nu wel een beetje buiten de kring maar ik voel me toch niet in staat tot praten of luisteren, en ik nip van de Spritz en kijk naar de tv, telkens dezelfde beelden, zolang het nog geen tijd is voor de Koningsvaart, straks om kwart voor acht, moeten we het doen met wat al is geweest, vanuit verschillende camerastandpunten, op verschillende snelheden afgespeeld, en met telkens weer het commentaar van een uitgebreide ploeg elkaar afwisselende deskundigen en BN'ers, en door het commentaar op de tv heen klinkt het commentaar hier in de kamer.

– Máxima zag er echt supermooi uit, vandaag, vond ik... Het duurde echt superlang allemaal en zij zat daar maar stil te zitten. Heel statig, een echte koningin... Supercool, hoor, als je dat volhoudt, zo'n hele dag.

– Hoe is het met jouw sentiment-index?

– Wil er iemand nog een Spritz?

– What the fuck is een sentiment-index?

– Zouden Rob Trip en Astrid Kersseboom het nou zélf leuk vinden, om een hele dag met debielen in zo'n glazen hok opgesloten te zitten?

– Ik kan hier wel gewoon een lijntje leggen, toch, Johanna?

– Ze meten op Twitter hoe het met het Oranjegevoel staat en dat levert dan een sentiment-index op. Momenteel staat-ie op 53.

Ik probeer de afgelopen uren te overzien, maar de dagdelen lijken complete dagen. En ik denk: Johanna, was dat niet de naam van die activiste? Noord-Korea. De Japanse kroonprins en -prinses in De Nieuwe Kerk. De blauwe loper, de zwaaiende prinsesjes, is die ene nou een mongooltje? Waar is onze vrijheid van meningsuiting nou, zegt de man in witte kledij die door de politie wordt afgevoerd. Geen idee hoe laat het is, mijn telefoon is nog steeds leeg, wat een rust eigenlijk om niet telkens te hoeven kijken of je nog sms'jes hebt ontvangen, of even een blik op Facebook te werpen of op nu.nl waar ongetwijfeld hetzelfde nieuws te vinden is als op tv.

De videoclip van het Koningslied wordt vertoond en Marieke springt op en zegt: Ja, allemaal meezingen, goed op de tekst letten, we moeten repeteren voor straks, en de tekst rolt onderin door het beeld en iedereen zingt uit volle borst mee, de dag die je wist dat zou komen is eindelijk hiiiiiieeeerrr...

Ze zijn, zegt een jongen die op de grond zit tegen mij, al vanaf vanochtend negen uur tv aan het kijken en ze hebben het lied al zo'n twaalf keer meegezongen, en de stemmen zwellen aan, daar is het refrein, door de regen en de wind zal ik naast je blijven staan, en ik breng mijn handen naar mijn oren, concentreer me op een punt blauwe kaas, recht voor me op tafel, en probeer te bedenken wat ik allemaal heb verteld, vannacht, wat heb ik tegen die Matt gezegd, en wat tegen Marcia, en heb ik die rare Marvin iets verteld, en wat weet Luuk inmiddels allemaal niet van me, en zou hij dat op een later tijdstip doorvertellen aan Siem, en wat als Siem mij daarmee confronteert, wat zeg ik dan?, ik kan het er altijd op gooien dat ik dronken was, ik vond het gewoon leuk om die jongen een gek verhaal te vertellen, mag toch?

Een hand op mijn schouder, Johanna. Ik laat mijn handen van mijn oren glijden.

Gaat het nog?

Ik lach en zeg: Is allemaal maar aanstellerij, hoor.

Wat ik vragen wou: ik ga een soepje maken en ik wil even weten wie er allemaal zin heeft, dan weet ik hoeveel er nodig is. Heb jij trek?

Ik knik en zeg: Je moet 'm nog maken, die soep?

Ja?

Mag ik kijken?

2

Het is een keuken om van te houden, de keuken van Johanna, goed geoutilleerd, modern vormgegeven, een hele rits oliën: olijfolie, walnotenolie, sesamolie; er staan flesjes met verschillende soorten balsamico, en een heel rek met potjes kruiden, de keuken van iemand die van koken houdt, ik mag haar wel, die Johanna.

Ze pelt een ui, halveert hem, snijdt de helften in plakken en ten slotte snippert ze de plakken in razend tempo, de vingers van haar linkerhand gekromd zodat ze zichzelf niet kan verwonden, ze doet het vaker, dat zie je direct, ze doet het rap.

Ondertussen voeren we het soort gesprek dat mensen die elkaar lang niet hebben gezien nu eenmaal voeren, gesprekken die beginnen met: Wat doe jij tegenwoordig zoal?, en Johanna vertelt over haar studie, ze heeft economie én wiskunde gestudeerd, en ze werkt nu in de financiële sector, om precies te zijn bij een hedgefund, om precies te zijn is ze betrokken bij de ontwikkeling van nieuwe producten, en ik zeg dat ik daar een tijd geleden een documentaire over heb gezien, en ik vraag: Ben je soms een *quant*?, en zij zegt: Die term gebruik ik zelf liever niet, die is een beetje besmet geraakt, maar het komt er wel op neer ja, en langzaam zie ik de contouren ontstaan van een verhaal, het moet andersom, niet weer het zwakke vrouwtje, bij mijn weten is Johanna niet lesbisch, ze had altijd vriendjes op school, in ieder geval in haar *gevaarlijke* periode, al zegt dat natuurlijk niks, maar gesteld dat ze hetero is, dan hoef ik bij haar niet met mijn verleidingskunsten aan te komen zetten, ik moet het ergens anders van hebben.

Het onderwerp is alweer van tafel, Johanna is een courgette in plakjes aan het snijden, we stellen elkaar vragen als: Zie je dingetje nog wel eens? Nee, nooit meer gezien sinds school, of: Ja, daar heb ik nog regelmatig contact mee, en wat doet die nu dan, en is ze nog steeds met die ene gast en zo gaat het door, terwijl Johanna prei, wortels, schorseneren en broccoli prepareert, een halve groentekraam blijkt ze in huis te hebben gehaald, en nadat ze alles heeft schoongemaakt en in stukken gesneden, schuift ze het in een grote pan water die al op het vuur staat.

Om dan toch zelf maar een voorzet te geven vraag ik: En de liefde? Hoe staat het daarmee? Ze vertelt over een knipperlichtrelatie met een bankjongen, financieel manager, snelle gozer, niet helemaal mijn type, zegt ze, maar voorlopig is het best leuk, no strings attached, dat respecteert hij, ik hoef even niet zo nodig een vaste relatie, voorlopig.

Er volgen meer details en dan eindelijk stelt ze de vraag: En jij?

Tierelierelier, wie is nummer vier?

O, gewoon, zeg ik, en ik haal mijn schouders op, en ik zeg: Ik hang een beetje de happy single uit, je weet hoe dat gaat, happy single zeg ik ja, ik weet niet hoe ik het mijn strot uit krijg, maar ik zeg het, en ze slikt het, ze knikt en zegt: Tell me about it, en ze zegt: Jij was op de middelbare school al een killer, qua mannen.

Ik lach en zeg dat er sindsdien heus wel iets veranderd is, ik heb langere relaties gehad, maar ik heb gewoon niet zo'n behoefte aan iets vasts, momenteel, mjah, nogal nare ervaringen gehad.

O?

Ja... Da's wel toevallig, trouwens, ik was met een gast die in jouw wereldje zat.

O ja? Hoe heet-ie?

Arthur. Arthur van Heeren.

Nee, zegt me niks. Waar werkt-ie dan?

En ik zeg: Werkte.

En Johanna zegt: Is-ie ontslagen?

En ik zeg: Nee, hij is dood.

En Johanna zegt: O, sorry... o jezus, gecondoleerd.

En ik zeg: Het is alweer een tijdje geleden.

En Johanna zegt: God, wat heftig... hoe... ik bedoel, wat is er...

Het ligt nogal ingewikkeld. Hij was... nu ja... een beetje *raar*. Maar toen ik daar eenmaal achter kwam, was ik al zo verliefd op hem dat ik bereid was alles te accepteren, ik dacht dat ik hem misschien wel kon veranderen, en nu ik Johanna's aandacht heb, kan ik me eindelijk weer verliezen in het vertellen, de waarheid deze keer, zo dicht mogelijk in de buurt van de waarheid zien te komen...

In den beginne waren er alleen de woorden, en de woorden vormden het beeld dat ik van Arthur had: we mailden heen en weer over een interview, tot mijn verbijstering waren er geen foto's van hem te vinden op internet, een man van mijn leeftijd, vijfentwintig jaar oud, zoveel wist ik dankzij de tussenpersoon die ons met elkaar in contact had gebracht, en ook dat hij hyperintelligent en mega-getalenteerd was, maar meer ook niet, het gebeurde in het grootste geheim, verklikkers werden op staande voet ontslagen en kwamen nergens meer aan de bak.

Ik mocht een tijdje proefdraaien bij het Economiekatern van de krant, ik was ambitieus, wilde indruk maken, en als je indruk wilt maken moet je over precies hetzelfde schrijven als waar iedereen over schrijft maar dan net een beetje anders, en dus schreef ik over de financiële crisis, ik kwam op het idee om een interview-reeks te maken met mensen die bereid waren uit de school te klappen over het wereldje van hypotheken en beleggingsfondsen. Die gesprekken konden uiteraard niet in het openbaar plaatsvinden en dus bezocht ik Arthur thuis.

Wil je nog?, vraagt Johanna, en ik knik en praat verder, terwijl zij onze glazen vult met een randje Aperol, een flinke wolk prosecco en een laagje spuitwater, en ze snijdt een sinaasappel in tweeën, en één helft in schijfjes, en ze haalt ijsblokjes uit de vriezer en we toosten terwijl ik vertel over die eerste ontmoeting, hoe het in die dagen mijn doel was om mijn slachtoffers *af te schminken* zoals we dat op de redactie noemden, ik wist dat hoe schandelijker de onthullingen waren, hoe groter de publieke verontwaardiging zou zijn, maar ook: hoe meer lezers voor de krant, voor mijn rubriek.

Woonst: een riant appartement aan de Amstel, uitzicht op de Magere Brug. Donkerpaars geschilderde muren, roomgele deurposten en raamkozijnen. Veel kunst aan de muur, abstracte schilderijen vol agressief rood, reproducties van klassieke, figuratieve werken, afbeeldingen met veel chiaroscuro, ik herkende de hand van Caravaggio: een bijna lichtgevend bleke Christus werd door twee mannen naar zijn tombe gedragen, onder rouwbeklag van de heilige maagd en een bloedmooie Maria Magdalena, het haar opgestoken in vlechtjes, ranke nek, schouder half ontbloot.

Zijn voorkomen: halflang, licht krullend haar, slordig getrimde baard, heldere ogen, een ringetje door zijn rechter neusvleugel, zijn lijf een tikje schichtig van motoriek, met toch een verrassende zelfverzekerdheid als hij over zijn werk vertelde. En hij vertelde graag, ik hoefde maar te vragen en er kwam een heel verhaal, ik wist dat ik explosief materiaal aan het verzamelen was en het gaf een ongelofelijk gevoel van macht om hem koeltjes aan te sporen verder te vertellen, te weten in wat voor valkuil ik hem lokte.

Johanna is bezig kruiden te hakken, peterselie, bieslook... schuift ze vervolgens met het mes van de snijplank af in de pan, het plonst en het borrelt en de geur van alles wat zich in die pan vermengt, wordt steeds sterker.

Winst en verlies, vertelde Arthur, zijn god en de duivel die een tenniswedstrijd spelen, waarbij het net de nullijn is. Plus, min, plus, min, plus, min, dat is het spel. En het spel is onderhevig aan bepaalde wetmatigheden, je kunt er voorspellingen over doen die nooit honderd procent betrouwbaar zijn, maar je kunt wel proberen een zo hoog mogelijke betrouwbaarheid te behalen, en daar heb je software voor nodig, en die software schrijf ik, en die probeer ik in een zo elegant mogelijke, zo spaarzaam mogelijke taal te schrijven, en als dat lukt, geniet ik van de pure schoonheid van waar zo'n programmaatje toe in staat is.

Lyrisch was hij over zijn vak, en uit zijn woorden sprak geen enkel besef van de schade die figuren zoals hij konden aanrichten, in mensenlevens, en in de economie, er volgden woedende lezersreacties op het interview, er verschenen opiniestukken, mensen eisten dat de identiteit van deze klokkenluider bekend zou worden gemaakt, en enkele dagen na verschijning van het interview stond hij op mijn voicemail met de mededeling: Jullie lezertjes kunnen weer rustig slapen, mijn baas heeft me herkend, ik ben ontslagen, en daarna verbrak hij de verbinding en toen ik dat bericht terugluisterde, schrok ik er enorm van, voelde me schuldig dat ik hem zo te kijk had gezet, hem niet tegen zichzelf in bescherming had genomen en ik belde hem op onder de noemer nazorg.

Opvallend laconiek was hij onder zijn ontslag, hij zei zelfs te genieten van de boze reacties die hij in de krant had gelezen, hij zei: Ik heb niet anders verdiend, toch?

Bizarre reactie, zegt Johanna, en ook: Ik kan me helemaal niets van die affaire herinneren, maar ze kijkt er niet wantrouwend bij, wel met samengeknepen ogen en gefronste wenkbrauwen, de blik van mensen die hun geheugen afspeuren en aan zichzelf twijfelen omdat ze niet kunnen vinden wat ze zoeken, en ik besluit te bluffen, ik zeg: Echt niet?, en: Wat gek joh, dat is echt landelijk nieuws geweest, en zij zegt: Nou ja, er is natuurlijk zóveel naar buiten gekomen, de afgelopen jaren, op zeker moment kun je het gewoon niet allemaal meer bijhouden, en ik zeg: Ja, het is een beerput waarvan de bodem nog lang niet in zicht is.

Ik ben dit spul al de hele dag aan het drinken, zegt Johanna terwijl ze haar glas omhooghoudt, vanaf het begin van de middag, ik heb ze echt niet helemaal meer op een rijtje.

En ik denk: je moest eens weten hoe lang *ik* al bezig ben.

Arthur en ik, we spraken af om koffie te gaan drinken, de koffie werd bier, het bier werd een etentje bij een eenvoudige Italiaan, het etentje werd naborrelen in een nachtcafé aan de Kerkstraat, en van daaraf was het maar twee minuten fietsen naar zijn huis aan de Amstel, en we raakten aan het vrijen maar hij kon niet hard worden, hij zei dat het door de drank kwam, pas later is me gebleken wat er werkelijk aan de hand was, maar op dat moment zei ik: Het geeft niet, dat kan gebeuren toch, en om het goed te maken verborg hij zijn hoofd tussen mijn benen en likte me klaar met een techniek die verraadde dat hij niet de prototypische nerd was die nog nooit een meisje in zijn bed had weten te krijgen, dit voelde als een ervaren tong, en ik zei na afloop: Jezus, heb je daar soms een cursus voor gevolgd of zo?

Wow, oké, dat is misschien iets meer detail dan nodig, zegt Johanna lachend, en ik lach mee, maar zeg ook dat het noodzakelijk is als inleiding op wat er daarna gebeurde, en als ze dat niet wil horen, moet ze het maar zeggen, maar ik heb het gevoel, zeg ik, dat ik voor het eerst met iemand aan het praten ben die me begrijpt, en dat werkt altijd goed, want Johanna's mond krult zich in een gevleid glimlachje en ze zegt: Ben je mal, ik maakte maar een grapje, ik smúl van seksverhalen, en ik denk: ja, dat zag ik meteen al, en zij vraagt me om verder te vertellen.

Woorden, daar bleef het om gaan, zijn tong was zijn voornaamste lichaamsdeel, de manier waarop hij over wiskundige formules of de werking van zijn software kon vertellen was zo extatisch, zo volstrekt niet wat je je bij gortdroge cijfertjes voorstelde, alleen al het cijfer nul, daar wist hij complete colleges over te geven, de geschiedenis ervan, hoe de Babyloniërs voor het eerst een positiestelsel ontwikkelden op basis van het sexagesimale systeem van de Soemeriërs, en hoe ze binnen dat systeem voor het eerst van een nul-achtig teken gebruik maakten om een lege positie midden in een getal aan te geven, hoe de ontwikkeling van het getal nul eeuwen en nog eens eeuwen nodig had om de betekenis te verwerven die we er nu aan toekennen, laat staan de betekenis ervan binnen de natuurkunde, of meer in het algemeen: het concept *Niets*, zijn colleges vlogen alle kanten op, sloegen alle denkbare zijpaden in, en soms sprak hij zinnen uit als: Het spannende aan het cijfer nul is dat het zo paradoxaal is: het is tegelijkertijd een getal en het symbool voor de afwezigheid van een getal, en dan voelde ik het broeien en kleven tussen mijn benen.

De tong die hem zo gedienstig was bij het vertellen, moest tevens stand-in blijven spelen voor zijn falende geslacht, en na drie van zulke mislukkingen legde hij uit wat er aan de hand was – zonder zichtbare gêne, dat verbaasde me nog het meest, even onaangedaan deed hij het uit de doeken als hij bij onze eerste ontmoeting over zijn immorele praktijken als quant had verteld, hij zei: Ik heb nogal rare voorkeuren, het lukt me al heel lang niet om opgewonden te worden van gewone seks, dat heeft niets met jou te maken, maar met mij, hoe de dingen in mijn brein werken, ik kan het niet goed uitleggen.

Kan ik je helpen?, bood ik aan, en hij zei: Dat durf ik niet van je te vragen, en ik zei: Maar ik bied het toch zelf aan, ik ben sterk genoeg om nee te zeggen als er iets is wat me niet bevalt, en hij zei: Weet je het zeker?, en ik zei: Ja.

Hij vertelde hoe hij het *normaal gesproken* aanpakte, tot in detail, en opnieuw wees niets erop dat hij zich schaamde voor wat hij zei, hij leek het de normaalste zaak van de wereld te vinden, ook niet iets waar hij werkelijk mee zat, nee, dit was nu eenmaal hoe hij seks beleefde en als ik met hem naar bed wilde, dan moest ik accepteren dat het zo werkte bij hem.

Hoe dan?, vraagt Johanna, Wat dan?

De eerste keer dat ik meeging in zijn wensen, gebeurde er dit: samen keken we op zijn laptop naar een filmpje van een of andere exclusieve betaalwebsite, een filmpje waarin een man op zijn buik op een *behandeltafel* lag, een vrouw in verpleegstersuniform smeerde zijn rug in met jodium en vervolgens bracht ze enkele weerhaken in de huid aan, waaraan touwtjes met gewichten bungelden die langs zijn romp afhingen, en de man kermde bij het toedienen van elke weerhaak, maar kon niet wegkomen omdat hij met handen en voeten aan de behandeltafel was vastgeklonken. Arthur had een strakke, metalen cockring om zijn nog slappe piemel geschoven en tijdens het kijken werd de piemel harder en harder zonder dat hij eraan zat, en op zeker moment zei hij: Nu wil ik je neuken, en volgens afspraak ging ik op bed liggen en hij probeerde me te penetreren, maar ik was niet nat, er was niets wat ik opwindend had gevonden aan dat gruwelijke filmpje, het had me de grootste moeite gekost om te blijven kijken. Hij bevochtigde zijn lul, wist me toch nog te penetreren, en we neukten maar bij mij ging het allang niet meer van harte, al moet ik toegeven dat het een vreemde sensatie was, deze tere, zachtmoedige man die zulke vreemde impulsen nodig had om een stijve te krijgen, en toch was het ook zo kil, zo vreemd, ik sloeg mijn armen om zijn hals en probeerde hem te zoenen, maar hij zei: Raak me niet aan, ik wil dat we elkaar alleen dáár aanraken, mijn lul in jouw kut, en verder nergens.

Later probeerde hij me zijn fascinatie uit te leggen, en hij zei: misschien moet je het op dezelfde manier doormaken als ik, en hij vertelde hoe het begonnen was, hoe hij jaren geleden, als jongen van zestien, in de bioscoop de film *The Passion of the Christ* had gezien en hoe hij na afloop constateerde dat er een bijzonder hardnekkige erectie in zijn broek knelde, en hij durfde niet op te staan toen in de bioscoop de lichten weer aangingen, en uiteindelijk wachtte hij tot iedereen de zaal verlaten had en toen trok hij zich in een noodtempo af, precies op tijd kwam hij klaar, want hij had zijn geslacht nog niet opgeborgen of een schoonmaakploeg kwam de zaal binnen.

We keken samen naar die film, op dvd, en hoewel de beelden me vervulden van afgrijzen, de bloederige opeenvolging van martelingen die de koning der Joden moest ondergaan, de slaafde gelatenheid waarmee hij dat deed, ja, hoewel ik soms niet kon kijken van afschuw, wist Arthur me toch, nu en dan, begrip op te laten brengen voor de esthetiek die verborgen lag in die gruwelbeelden.

Ik zou zoiets nooit bij iemand doen, zei hij, nooit van mijn leven, en toch word ik er opgewonden van om te zien hoe iemand zo gemarteld wordt, hoe het bloed uit de wonden opborrelt als lava uit een vulkaan, hoe het zich traag en stroperig over de omliggende huid verspreidt en –

Ik kijk naar het gezicht van Johanna, wat is daar te zien?, hoe moet ik haar uitdrukking interpreteren?, denkt ze dat ik totaal gestoord ben en gelooft ze niets van wat ik zeg en knikt ze alleen maar omdat ze me niet voor het hoofd wil stoten?, of duidt haar uitdrukking op verbijstering over de inhoud van het vertelde?

Hoeveel verder dan dit kan ik gaan?

Bloed was belangrijk voor hem, het stroomt, zei hij, door ons lichaam en toch zien we het maar zo zelden, bloed is wat ons verbindt aan onze ouders en voorouders, bloed is wat we elkaar kunnen geven als de ander gewond is, bloed is wat er bij jou uit je komt lopen als je maandelijks een eitje afstoot, en hoewel dat misschien voor ongemak zorgt en door sommige mensen als smerig wordt ervaren, is het van een briljante schoonheid, het rode bewijs van het prachtige voortplantingssysteem dat onze soort in stand houdt.

Hij wilde me likken als ik ongesteld was, en in eerste instantie vervulde dat idee me met weerzin, maar later dacht ik: waarom ook niet?, als hij dat geil vindt, vind ik het ook geil, juist als ik ongesteld ben kan een orgasme extra dramatisch aanvoelen, overweldigender dan normaal, en ik zei: Zolang je me na afloop niet zoent, vind ik het best.

Zeg, we gaan zo eten, hè, zegt Johanna, en als je zo doorgaat heb ik helemáál geen trek meer, en ze opent een keukenkastje en licht er een toren van opeengestapelde soepkommen uit, en ze verspreidt de borden over het aanrecht, de soep heeft lang genoeg staan pruttelen, ze pakt een staafmixer en begint met veel lawaai de soep te pureren, het geluid maakt me nerveus, zolang die herrie klinkt kan ik niet praten, en hoe langer ik niet praat, des te groter het gevaar dat ik de draad van mijn betoog kwijtraak, ik weet nu al nauwelijks meer hoe ik hier terecht ben gekomen, bij deze smeerlapperij, maar ik weet wel dat ik niet meer terug kan, enkel nog: verder.

3

In een NOS-studio aan het IJ is Herman Pleij te gast, en terwijl een helikopter vanuit de lucht filmt hoe de stoet limousines met daarin het koninklijke gezelschap onderweg is naar filminstituut Eye, kwebbelt de opgewonden historicus de lege minuten vol: En wat ik verder ook een hele grote attractie vind is dat dit ook een beetje de bekroning, of je moet eigenlijk zeggen: de inhuldiging is van het IJ, het herstel van Amsterdam met het water...

In de kamer is het commentaar verstomd nu bijna iedereen soep zit te slurpen, een gezellige zuigruis, en het knappende geluid van stukken stokbrood die worden afgebroken, en het getinkel van lepels in kommetjes, Johanna zit naast me aan de eettafel, en omdat niemand praat, durf ik mijn verhaal niet voort te zetten, hopelijk straks, als iedereen weer vrolijk tegen de tv aan het blèren is...

En Herman Pleij zegt: Dat is wat er overal in Nederland gebeurt, in Maastricht, in Venlo: we vinden het water weer terug en daarom is het ook zo mooi dat deze inhuldiging van onze nieuwe koning *op het water* plaatsvindt.

Het koninklijke gezelschap is gearriveerd bij het filminstituut en wordt opgewacht door burgemeester Van der Laan en diens vrouw, en iemand legt even zijn lepel neer om te roepen: Godverdomme, die Van der Laan heeft wel een lekker jong wijf zeg, moet je kijken.

De prinsesjes hebben bruine capejes omgeslagen gekregen tegen de kou, Máxima heeft een nieuw kapsel en een nieuwe, frambooskleurige japon aan, Willem-Alexander heeft zijn hermelijnen mantel afgelegd en draagt nu een smoking, en de historicus merkt op: Het is opvallend dat de koning en de koningin er tamelijk fris uitzien, en ook fris gekleed zijn, ik neem aan dat er op de boot wel iets klaarligt voor ze, want het is inderdaad behoorlijk fris.

En Johanna roept dat iedereen even moet stoppen met eten want de gebeurtenis die je wist dat zou komen is eindelijk hier, en Herman Pleij zegt: Dat Koningslied is een feest voor Nederland, want dat brengt ons zó dicht bij elkaar, en dat is heel opvallend, want wij zijn een land waar mensen gewend zijn: heel veel mensen hebben heel veel meningen over heel veel zaken, en extreme meningen ook nog, en dat geeft een enorm warme band en dat is nu ook weer gebleken bij dat Koningslied.

Hij wordt in de rede gevallen door Paul de Leeuw die in het Rotterdamse Ahoy op een podium staat voor een volle zaal, hij is te zien op een groot scherm waar de koning en zijn gezelschap nu voor staan, en hij roept: Amsterdam, hier zijn we, lief koningspaar, hier zijn we, en tot het publiek zegt hij: Laten we beginnen met Lang zullen ze leven, en daar gaan ze, klap-klap-klap-klap, er klinkt een hoempapamuziekje mee, en alles is in één keer ontdaan van de diamanten schittering die de plechtigheden van vanochtend en vanmiddag aan de dag verleend hadden, we zitten gewoon weer in een naar soep ruikende Hollandse huiskamer en er wordt Lang zullen ze leven gezongen.

Daarna het Koningslied, Daar sta je dan, zingt Marco Borsato, en koningin Máxima trekt permanent een nog manischer grijns dan eerder op de dag, wellicht dat zij ook even een lijntje of twee gesnoven heeft in de tijd tussen de inhuldiging en dit moment, en als het refrein wordt ingezet, Door de regen en de wind, voel ik godverdomme toch kippenvel over mijn armen en mijn rug kriebelen, en ik moet aan Luuk denken, zou hij zich herenigd hebben met zijn republikeinse vriendjes?, zouden ze nu op een oude zwart-wittelevisie in krakerscafé Vrankrijk aan de Spuistraat naar deze beelden kijken?, zou iemand daar het durven om mee te zingen, al was het maar voor de grap?

En op de bank en op de grond brullen de gasten van Johanna: De W van Willem! terwijl ze drie vingers in de lucht steken, één jongen kan het niet laten om slechts één vinger in de lucht te steken, en de regel die het hardst wordt meegegild is: De W van wakker, stamppot eten, nog zo'n onnozelheidje waar tot ergernis van mijn vader de afgelopen weken hele praatprogramma's mee gevuld zijn, complete opiniestukken aan gewijd waren, en nu zingt iedereen mee, het kan niemand meer iets schelen.

Ik kijk naar Willem-Alexander, die blonde Hollandse jongen met zijn aardappelgezicht, wat zou er door hem heen gaan?, zou hij denken: dit is de onderwereld waar ik koning van ben geworden, dit zijn de schimmen met hun achterlijke teksten die ik in bedwang moet houden, over wie ik moet heersen, dit is nou *mijn* volk, zou hij zoiets denken, of is hij zelf net zo'n grote onbenul?, en waarom kan ik toch niet helemaal geloven dat het laatste waar is?

Ik staar uit het raam over het water, het bruggetje, het vensterglas is oud, druipt in zichzelf omlaag, alsof het inwendig huilt, en als ik me omdraai zit iedereen weer soep te eten, en is op tv het koor van de Nederlandse Opera bezig zichzelf voor schut te zetten, de mannen huppelen over de steiger naast Eye, terwijl ze als patiënten met een motorische afwijking oranje linten door de lucht laten wapperen.

Hoe staat het met je sentiment-index, Hanna?, vraagt Johanna, en ik zeg: Hij is niet zo hoog, Johanna, en ik realiseer me nu pas hoezeer onze namen op elkaar lijken, de mijne een geamputeerde variant van de hare, en ik zeg: Ik geloof niet dat een dag als deze heel erg aan mij besteed is, maar ik sleep me erdoorheen.

Je zit nog met je hoofd bij dat ongesteldheidsbloed, zegt Johanna, vertel maar verder, ik heb mijn eten binnenboord. Ik kan haar niet uitleggen hoe dankbaar ik ben dat ze dit zegt, en het kost me grote moeite om in de warboel die in mijn hoofd woedt enige orde aan te brengen, ik staar voor me uit, probeer me een beeld van hem te vormen, hem te visualiseren, ik leun op de tafel en staar naar het legertje flessen dat daar in slagorde staat opgesteld, alle in verschillende staat van aangeroerdheid, de smerigste likeurtjes heeft Johanna in huis gehaald, ik staar ernaar om niet naar de tv te hoeven staren, en ik denk aan hem, zijn ogen zo tropisch blauw als het goedje in de fles Blue Curaçao, zijn huid de crèmetint van Baileys, zijn haar donker als Tia Maria, en de Pisang Ambon?, ja, dat is de kleur van zijn gifgroene brogues, hij had er drie paar van, nooit zag je hem ergens anders op lopen, tenzij je, zoals ik, zijn blote voeten wel eens zag, zijn voeten, waar ik niet aan mocht komen.

Niet aan m'n voeten zitten.

Kietelt het?

Verder mag je overal aan zitten, maar niet aan m'n voeten.

Hoezo niet?

Gewoon niet.

Mag ik er wel naar kijken?

Liever niet. In ieder geval niet zo staren.

Waarom is dit wat er in me opkomt?, zeg ik hardop, en Johanna schudt haar hoofd, en ik denk na en zeg: Pas toen hij zelfmoord gepleegd had, of wat het ook was waar hij aan dood is gegaan, toen pas mocht ik zijn voeten aanraken, toen ze al koud en levenloos waren geworden, en het is op dat moment dat de tranen komen, zo onverwacht, zo heet over mijn gezicht dat toch al zo gloeide van de soep, en er vallen druppels in mijn leeggegeten kommetje, ik zou ze eigenlijk moeten oplepelen en terug stoppen in mijn lijf, en Johanna zegt: Jezus, ik wist niet dat het zelfmoord was.

Ik weet het niet, zeg ik, hij was zo vreemd, er zat zoveel duisters verborgen in die jongen, en ik ben erin meegegaan, in zijn duistere fantasieën, en ik weet nog altijd niet of ik dat beter had kunnen laten, of dat ik juist niet ver genoeg ben gegaan, als ik verder was gegaan, had ik het hele drama misschien wel kunnen voorkomen.

Maar hoeveel kan een mens verdragen, Johanna?, ik deed al dingen met hem die ik nooit met iemand anders had gedaan, hij vroeg me... hij smeekte me... of ik hém wilde neuken... hij zei: Ik wil door je vernederd worden, en ik zei: Verneder je mij dan andersom ook, als jij mij neukt?, en hij zei: Nee, dat bedoel ik niet, ik bedoel: ik wil gelijkwaardig aan je zijn, en hoe vreemd ik zijn verzoek ook vond, het wond me toch op, kun je dat begrijpen?, heb je wel eens een voorbinddildo omgehad?, en Johanna schiet in de lach, ondanks mijn betraande gezicht, en zegt: Nee, sorry, en ik zeg: Het was best geil, om eens te voelen wat een man voelt als hij jou neukt, ik bedoel, niet echt natuurlijk, niet fysiek, maar psychologisch, hoe het voor een man moet zijn als jij weer eens op je handen en knieën voor hem zit en hij recht in je anus kan kijken, en kan zien hoe zijn lul in jouw kut verdwijnt, terwijl jij niets ziet, je bent vooral bezig je evenwicht te bewaren op je ellebogen terwijl hij in je stoot, je moet je hoofd als een vogel draaien om hem te kunnen zien, en dat levert een rare verhouding op, mentaal bedoel ik, en ik was benieuwd hoe dat zou zijn, en echt, het was geweldig, al vond ik het een beetje goor om hem in zijn kont te neuken, ik laat een man dat nooit bij mij doen, maar hij liet het wel door mij doen, en daar hield het niet bij op.

Hij wilde dat ik hem sloeg, dat ik hem tijdens het neuken op zijn billen zou meppen, en alleen klappen waren niet genoeg, hij wilde dat ik hem met een soort badminton-batje sloeg tot zijn billen roodgloeiend zagen, en ook dat deed ik, want, ik beken het eerlijk: het gaf een bizar goed gevoel om hem te kunnen straffen op die manier, juist omdat ik me zo ergerde aan zijn onderdanige houding, snap je dat of praat ik nu poep?, ik bedoel: soms wil je iemand toch door elkaar rammelen en zeggen: doe niet zo passief, zo laf, zo kruiperig, whatever?, en dat kón dus op deze manier, en zo was het voor ons allebei bevredigend. Want hij wás niet zo, buiten de seks om, ik keek juist tegen hem op, zijn prachtige bronzen stem, zijn intelligentie, zijn manier van vertellen, dat was allemaal zo krachtig, zo soeverein, en dan daartegenover dat slaafse, het klopte niet voor mijn gevoel, en ik wilde het uit hem rammen, terwijl de paradox nu juist was dat hij van dat rammen genoot, dat het rammen alleen maar stimuleerde dat hij méér wilde, extremere dingen...

Het klinkt heel grimmig, zegt Johanna, ik bedoel, seks is voor mij altijd iets geweest wat gaat over intimiteit en lief zijn voor elkaar en op een natuurlijke manier uitdrukking geven aan je liefde, niet via dat mechanische... gedoe.

Maar het was juist tegelijkertijd ook heel erg leuk en vrolijk en helemaal niet grimmig, zeg ik, echt, ik weet nog de eerste keer dat hij zei: Sla me, doe het,

Hanna, dat ik toen heel erg moest lachen en weet je waarom?, omdat ik ineens moest denken aan Britney Spears, Hit me baby one more time, en terwijl ik hem sloeg zong ik: O baby baby, en ook hij moest daarom lachen, en weet je dat ik een jaar of twaalf was toen ik dat liedje voor het eerst hoorde, zo'n meisje-meisje met vlechtjes in het haar dat jongens stom vindt, zo was ik toen, en hier zat ik, jaren later, terwijl ik zo'n stomme jongen met een voorbind-dildo in zijn reet neukte en hem de billen bont en blauw sloeg.

Johanna hinnikt van het lachen.

En de rest van het gezelschap lacht mee, nee, niet om mij, maar om schaatskampioenen die op een nep-ijsbaan langs het water doen alsof ze schaatsen, het koningspaar + aanhang is inmiddels aan boord van een rondvaartboot gestapt en ze varen erlangs, langs deze schertsvertoning, er wordt gezwaaid, wat moeten die mensen een armspieren hebben, of morgen spierpijn.

Maar goed, wat dat slaan betreft, zeg ik tegen Johanna in een poging haar aandacht te herwinnen, hij zei daarover: Het gaat niet om de pijn zelf, het gaat ook niet om de seks, het gaat om de ontregeling, snap je, vroeger had je mystici die rondtolden als derwisjen om in contact te komen met het hogere, om inzichten te verkrijgen, en dat inzicht kon alleen ontstaan door het normale denken uit te schakelen, door je cognitieve functies te ontregelen, andere werelden kun je alleen betreden als je de bril waarmee je normaal naar de wereld kijkt, afzet en vervangt door eentje van een totaal andere sterkte, je moet van bijziend verziend worden.

Focus on the pain, the only thing that's real.

Dat klinkt mooi, zegt Johanna, maar toch.

Ja, maar toch... Toch, zei ik tegen hem, toch vind ik het best wel gênant hoor, dit hele gebeuren, en hij zei: Ja, voel je dat klemmende gevoel?, dat is schaamte, de schaamte is een afweerstofje dat actief wordt zodra het vreemde, het ongekende de aanval opent, als je de schaamte van je afschudt zullen de mogelijkheden van het leven zich exponentieel vermenigvuldigen, dan ben je pas écht vrij, schaamte vloeit voort uit moraal en moraal is een gevangenis.

En opnieuw raken we afgeleid door gejoel van de anderen, wat gebeurt er op tv?

Het is die zwakzinnige Marokkaanse rapper, Ali B, die een rapje brabbelt over een Echte Koning: Voor z'n vollek zal-die buigen als het wint, en als het deuntje klaar is maken W-A en M zowaar een lichte buiging voor dat joch, en ze varen weer verder.

Toch hè, zegt Johanna, die zich hoofdschuddend weer van de tv afwendt, toch vraag ik me af: waarom liet je je daar in godsnaam voor lenen, als je er van die dubbele gevoelens bij had?

Omdat... ik vond hem een tragische figuur, snap je dat?

Omdat... omdat hij zo'n mooie, zachte stem had, ik kon hem niets weigeren, hij sprak met een Haagsig accent waarin de r als een g klonk en de g zelf het midden hield tussen de harde uit het Noorden en de zachte uit het Zuiden, zo anders dan de rochel die mijn eigen g is en het ronkende motortje van mijn Amsterdamse r, en terwijl ik het zeg denk ik: zijn Haagse klanken kwamen diep uit zijn keel, de keel die uiteindelijk door knellend touw zou worden dichtgeknepen, waardoor er helemaal niets meer uit zijn keel kwam, geen woord, zijn woorden waren voorgoed afgesneden van de wereld.

Omdat... ja, ook omdat, zeg ik, het niet onprettig was om de verantwoordelijkheid te dragen voor iemand die jou volledig durft te vertrouwen, het is een gevoel van macht, ja, maar toch vooral van verantwoordelijkheid.

We zwijgen een tijd lang, ik weet niet hoe ik verder moet, er is de vage notie dat ik mezelf in een hinderlaag heb geluld, elk moment kan de grond onder mijn voeten verdwijnen, mijn kop eraf gehakt worden door een lijn visdraad die over de weg is gespannen en waar ik in volle vaart op af galoppeer, maar ik weet de terugweg niet meer, hoe ging dat bij Klein Duimpje ook alweer?, die broodkruimels, hij had zijn broodkruimels, maar ik heb niets als ik achteromkijk, de sporen zijn gewist door wat ik allemaal in mijn lijf heb binnen gezopen, ik weet niet hoe ik hier gekomen ben.

De koningsboot vaart langs knullig uitgevoerde hoogtepunten uit de Nederlandse filmgeschiedenis, Soldaat van Oranje, Turks Fruit, zelfs Flodder komt voorbij, een film om trots op te zijn, een verslaggeefster entert een schip vol schrijvers, Renate Dorrestein ziet eruit als een buitenaards wezen met een angstaanjagend grote oranje bril op haar hoofd en ik mis de vraag maar haar antwoord is: Dat je van de literatuur een beter en gelukkiger mens wordt en dat Nederlandse schrijvers daar heel erg goed in zijn, en ik hoor Arthur brullen: Dat wijf moet gekielhaald, gevierendeeld en geradbraakt worden, maar het is niet deze Arthur die het zegt, het is een andere, eentje van lang geleden, en langs de kant van het water worden door kanonniers saluutschoten afgevuurd, en de boot komt langs een pas de deux uitgevoerd door een danser en danseres van het Nationaal Ballet, op muziek van Erik Satie, het is mooi, maar duidelijk te moeilijk voor het koningspaar, want na wat zwaaiwerk draait de boot al snel weer weg terwijl de dans nog niet klaar is, liever varen ze door naar de Musicalboot waar een enge kikker een verkrachting van Wim Sonnevelds Het Dorp ten beste geeft, en Herman Pleij zegt over het fenomeen musical dat het echt bij Nederland hoort: Het is gezellig, kleinschalig, emotioneel, en daar is een Gay Pride-boot, waarop vals Dancing Queen wordt gezongen, en de Josti Band komt voorbij, en ik word misselijk en draaierig maar ik moet verder, en ik leg mijn hand op de onderarm van Johanna en zeg:

Heb jij je wel eens laten rimmen?, en zij antwoordt: Gadverdamme, Hanna, nee, dat vind ik echt zoiets ranzigs, en ik zeg dat ik dat ook dacht, maar hij wilde het graag bij me doen, hij ging op zijn rug liggen en ik moest boven op hem zitten en hij zoende eerst mijn billen en spreidde ze toen met zijn handen uiteen en likte ertussen, het voelde gelukzalig, die zalige opluchting die poepen je kan verlenen, er moet op die plek wel een belangrijk genotscentrum zitten, en ik werd er bloedgeil van en ik wilde iets bij hem terugdoen dus ik nam zijn hard geworden lul in mijn mond, maar hij zei: Raak me niet aan, het gaat nu even alleen om jouw genot, en na afloop vroeg ik hem hoe het smaakte, en hij zei: Het smaakt goddelijk, ik kan het moeilijk uitleggen, het is zoiets als die plakkerige korst van ontbijtkoek, je weet wel, bitterzoet, en de geur is diezelfde verborgen zweterigheid die ook de geslachtsdelen kenmerkt, maar dan met iets extra's. Wiedes-wiedes. Zo waarlijk helpe mij god almachtig.

Een jongen die op de bank zit roept: Waar hebben jullie het over?, en Johanna roept: Rimmen, en de jongen zegt: O, laat maar, en ik voel dat ik rood word, maar het is niet genoeg, ik zeg: Hij wilde een stap verder gaan, hij wilde dat ik het in zijn mond deed, en Johanna zegt: Wat, plassen?, en ik zeg: Nee, dat andere, en ik beschrijf hoe we samen naar de badkamer gingen toen ik eenmaal moest, en hij ging op de grond liggen met zijn hoofd bij de pot, en ik zat op het toilet en toen het kwam moest ik opstaan en boven hem neerhurken en hij opende zijn mond en ik hoorde hem kokhalzen maar hij protesteerde niet, en ik rook mijn eigen stank, en het idee dat hij de bron daarvan in zijn mond nam deed ook mij kokhalzen en...

...en Johanna springt verschrikt op als mijn braaksel over de tafel heen golft en ik hoor nog dat iemand

Gadverdamme! roept en ik voel nog net hoe ik van mijn stoel glijd en met mijn hoofd de tafelrand raak maar het doet geen pijn en het volgende moment is er niets meer –

4

Bye-bye, world.

Het zijn de eerste woorden die tot me doordringen, al is alles nog donker en weet ik niet wat ze betekenen.

Geleidelijk aan manifesteert zich een hernieuwde helderheid in mijn brein. Ik voel me kalm, ik bevind me in een koele ruimte, en iemand zegt: 'Volgens mij bewoog ze.'

Ik wil nog niet, ik wil de mensen nog niet onder ogen komen. Het is aangenaam koel in mijn nek, al lig ik in een wat verkrampte houding. Ik probeer zo onopvallend mogelijk een andere houding aan te nemen, maar dan hoor ik de stem van Marieke: 'Ja, ze is aan het bijkomen.'

Een warme hand op mijn voorhoofd.

Raak me niet aan.

'Laat me maar even met haar alleen,' zegt Marieke.

Raak me niet aan... had er eigenlijk ooit werkelijk intimiteit tussen ons bestaan? Of is elkaar martelen en kwellen, geestelijk of lichamelijk, ook een vorm van intimiteit?

Ik open mijn ogen. Marieke zegt: 'Hanna, gaat het weer een beetje?'

Een mond van karton, tong tintelend als een slapende arm. Ik knik, kijk om me heen, ik lig in een badkuip, mijn kleding nog aan, vlekken op de borst van mijn zwarte bloesje. Als ik overeind probeer te komen, zegt Marieke: 'Blijf nog maar even liggen, dat is beter.'

'Maar ik moet verder.'

'Verder waarheen?'

Verder met mijn verhaal. Het einde. Het einde dat ik in mijn hoofd had, maar waar ik niet aan toe gekomen ben. Zonder einde is het niets. Zonder einde geen verhaal.

'Ik heb Johanna nog niet alles verteld,' zeg ik, en terwijl de woorden mijn mond uit komen, besef ik hoe belachelijk ze klinken, dat Marieke natuurlijk geen idee heeft wat ik bedoel. Het uit de hand gelopen seksspelletje, dat Post-it-briefje: Bye-bye, world – had ik hem kunnen redden? Was het een ongeluk of opzet? Als ik mee had gewerkt aan die verstikkingsfantasietjes – volgens hem heel veilig, zolang we maar heldere afspraken maakten... had ik dan –

'Ik denk dat Johanna wel even genoeg heeft van je verhaal.'

Een donker gevoel stuwt zich naar mijn wangen, mijn voorhoofd. Warm en beklemmend.

Marieke weet het.

Ik begin te huilen, mijn borstkas schokt maar er komt niets uit mijn ogen, het enige wat er uit me komt is een hoge jammertoon en Marieke, die op een krukje naast de badkuip zit, buigt zich naar me toe, legt een arm om me heen, knijpt stevig in mijn schouder, mijn hoofd zakt neer op haar grote, zachte borsten.

'Wat is er allemaal aan de hand, Hanna? Johanna is helemaal van slag door wat je tegen haar gezegd hebt. En van Siem hoorde ik ook al zulke rare verhalen.'

Ik ontworstel me aan haar greep, wend mijn lichaam van haar af. Ik wil het niet horen, ik wil het *niet* horen.

'En Merel belde me daarstraks. Die is nog steeds woedend over afgelopen nacht. En ze zei ook dat je die jongen, die Amerikaan, allemaal vreemde leugens hebt zitten vertellen. Ze denkt echt dat je gek bent geworden.'

'Ik bén niet gek. Ik heb *pijn*. Dat is geen leugen. Wat weet Merel nou van pijn?'

The only thing that's real...

'Ik begrijp dat je verdriet hebt, lieverd, echt, maar waarom vertel je niet gewoon de waarheid? En als dat te moeilijk is, waarom zwijg je er dan niet over? Die mensen hebben er toch niets mee te maken? Dat zijn wildvreemden. Zulke dingen vertel je toch alleen aan je echt goede vrienden? Aan mij en aan Siem en aan Tiets, wij zijn er toch voor je?'

'Jij hebt geen idee hoe eenzaam ik ben, niemand weet hoe eenzaam ik ben.'

'Liefje, doe niet zo melodramatisch, je bent dronken, heel erg dronken, morgen voel je je beter, echt. Of in ieder geval overmorgen, als de kater voorbij is.'

Zo'n ligbad stelt weinig voor als je niet naakt ben, als er geen warm water in zit... Mijn hoofd bonkt, het voelt alsof iemand ritmisch met een hamer tussen mijn wenkbrauwen aan het rammen is, ik moet hier weg, weg uit dit bad, weg van Marieke, weg van dit tweederangsfeest.

'Ik wil naar huis,' zeg ik, terwijl ik langzaam overeind kom.

'Hanna, je bent net out gegaan. Je moet echt weer even op krachten komen. Ik heb met Johanna overlegd, je kunt hier slapen, of je kunt met mij mee naar huis.'

'Nee, ik wil thuis slapen.' Ik zet één voet buiten de badkuip, een bibberige voet, maar wel een voet die me zal houden. Een tweede voet: ik sta.

'Zal ik anders vragen of Iglo je brengt, met de boot?'

'Nee.'

Niet weer die boot. Het idee alleen al maakt me opnieuw misselijk.

Ik draai de kraan van de wastafel open, laat het koude water over mijn polsen lopen, maak een kommetje van mijn handen en breng het water naar mijn gezicht. In de spiegel: een bijna lichtgevend bleek gezicht, jezus, wat een wallen, en die bloeddoorlopen ogen...

Ik had sprookjes willen vertellen. Sprookjes zijn stootwillen tegen de waarheid, of misschien wel stootwillen ván de waarheid. Om de waarheid tegen de schok van de werkelijkheid te beschermen. Maar de sprookjes werden horrorverhalen. In plaats van onze liefde te eren, mijn koning, en er een kunstwerk voor op te richten door er een mooie verlenging aan te verlenen – in plaats daarvan heb ik je verloochend, heb ik onze liefde gecorrumpeerd.

Maar wat is het alternatief? Met al mijn wilskracht je stem uit mijn hoofd bannen, zoals een schizofreen de stemmen uit zijn hoofd bant met medicijnen? Moet ik stoppen met tegen je te praten? Je laten doven als een vuur waar niemand meer verse takken op legt?

Beschaamd schuifel ik de huiskamer binnen, mijn haar hangt in natte slierten langs mijn gezicht. Mensen kijken op, ik wil hun blikken negeren, Siem en Johanna komen overeind, en ik maak een gebaar om ze af te weren, raak me niet aan. Op de televisie is een talkshow bezig, de voorgangster van de Partij voor de Dieren legt uit waarom ze de eed niet heeft willen afleggen tijdens de inhuldigingsceremonie, en een christendemocraat gaat daar tegenin, het napraten over de dag die nog niet eens ten einde is, gaat maar door. Alsof er nog niet genoeg teruggeblikt is. Opnieuw wordt de inhuldiging afgedraaid, versneden tot een rijtje hoogtepunten.

Maar heb ik vandaag eigenlijk iets anders gedaan dan terugblikken? Met mijn telkens weer terugkeren naar diezelfde geschiedenis, steeds vanuit een ander camerastandpunt? Is dat dan de manier om met zowel vreugde als verdriet om te gaan? – een eindeloos terugblikken op de paar zeldzame momenten in je leven waarop je echt iets voelde, terwijl de rest van de tijd je leven aan je voorbijtrekt als auto's op een ringweg, door en door en door, een oneindige stoet gebeurtenissen raast voorbij zonder dat je de verschillen opmerkt: er is alleen die stoet.

Ik trek mijn jas aan, hang mijn tas om mijn schouder. Marieke heeft een taxi gebeld.

'Dag allemaal,' zeg ik zwakjes.

'Wel thuis, Henkie,' zegt Siem in een houding die aan lijkt te geven dat hij op me af wil komen om me te omhelzen, maar hij blijft staan waar hij staat en zwaait.

Zwaai-zwaai. Wuif-wuif. Bye-bye, motherfuckers.

Ik leef alweer in het volgende moment. En ook dat is alweer voorbij. Een pauze is er niet. Ik heb de deur achter me dichtgetrokken, hier buiten is het koud en donker, ik hoor het klotsen van het water tegen de kade, en ik voel dat ik moet plassen, maar die taxi kan elk moment arriveren en ik wil sowieso niet terug naar binnen.

Erotisch getinte beelden drijven voorbij in mijn hoofd. Sommige bedacht en verteld, andere echt meegemaakt. Dit komt nooit meer terug: hoe we waren, wij tweeën, samen alleen, deuren dicht, ramen op een kiertje, gordijnen gesloten, telefoons uit, de buitenwereld bestond niet meer, het was ons geheim dat daar plaatsvond. Je kunt achteraf aan je vriendinnen vertellen 'hoe het was', maar je kunt nooit werkelijk beschrijven hoe het voelde, daar en toen, tussen hem en jou. Je kunt er alleen een verhaal omheen weven.

Ik kan nog duizend-en-één verhalen over Arthur vertellen: maar wat als je al die verzonnen details wegstreept, van het totaal aftrekt? Wat houd je dan over? Niets? Minder dan niets? Meer dan iets? Meer dan alles?

Wat is het gewicht van een herinnering? Is liefde in grammen uit te drukken? In meters?

Het sprookje liegt de oplossing: 'En ze leefden nog lang en gelukkig.'

Ja, maar niet meer samen.

Daar is de taxi.

Ik neem plaats naast de bestuurder, trek het portier dicht, en nu pas, in deze besloten, kleine ruimte, ruik ik mijn eigen stank. Zweet, sperma, kots, gemorste drankjes, sigarettenrook. Het is er allemaal.

'Wat mag het wezen, lieverd?' vraagt de chauffeur.

'Bethaniëndwarsstraat,' zeg ik. Zeggen is een te zwaar woord: het is een meerlettergrepige kreun.

We rijden. Onder het spoor door, linksaf langs de Haarlemmer Houttuinen, in de richting van het station, het centrum. Op de autoradio borrelt zachtjes 'Get Lucky' van Daft Punk. En ze leefden nog lang en lucky.

'Zware dag gehad?' vraagt de chauffeur, met een licht spottende blik op mijn borst.

'Hm... Lang verhaal...'

Te lang voor een taxirit. Al kan het ook kort, al kan het in een paar korte zinnen: hij is weg, ik ben er nog, en het is aan mij om hem in stand te houden, hier in mijn hoofd, in de verhalen die ik vertel.

De koning is weg, de prinses is er nog.

De prinses vertelt sprookjes, dat is alles wat haar rest.

En ze leefde nog lang...

En ze leefde nog –

En ze leefde.